小学館文庫

口中医桂助事件帖

恋文の樹

和田はつ子

小学館

目次

主な登場人物

藤屋桂助……………〈いしゃ・は・くち〉を開業している口中医。先々代の将軍の御落胤。

鋼次…………………〈いしゃ・は・くち〉に房楊枝を納めている職人。桂助の友人。

美鈴…………………大店の娘で鋼次の女房。夫婦で〈いしゃ・は・くち〉を手伝っている。

岸田正二郎…………桂助の出生の秘密を知っている元側用人。

友田達之助…………南町奉行所同心。

金五…………………鋼次の幼友達。友田達之助の下っ引き。

志保…………………佐竹道順の娘。〈いしゃ・は・くち〉を手伝っていた桂助の幼馴染み。

成緒…………………横井宗甫の姪。田辺南庵の跡を継いだ女口中医。

柚木扶季……………岸田正二郎の叔母。

佐竹道順……………元武士の町医者。何者かに唆された侍によって惨殺された。

横井宗甫……………法眼まで務めた口中医。佐竹道順とともに惨殺された。

田辺南庵……………横井宗甫と成緒の師であった口中医。

第一話　薬草園荒らし

一

〝志保《しほ》さん、どうしてここに？〟

桂助《けいすけ》は薬草園の中で、せっせと草取りをしている志保の姿を見つけた。

襷《たすき》をかけ裾《すそ》を端折《はしょ》って、姉さん被《かぶ》りをしている。

〝よかった。帰ってきてくれたんだね〟

〝ええ、でもね、今大変なのよ、大変〟

顔を上げた志保の顔が一瞬黒い穴に見えた。よく見ると無数に蟻《あり》が蠢《うごめ》く巣であった。

「志保さん!!」

駆け寄ろうとしたとたん、目が覚めた。

夢を見ていたようである。

老舗《しにせ》の呉服問屋藤屋《ふじや》の息子である桂助は、家業を継がず、今は湯島《ゆしま》の聖堂の近くで〈いしゃ・は・くち〉を開業している口中医であった。

治療代をおさえるために、〈いしゃ・は・くち〉で使われる薬の多くは、隣接している薬草園で育てられている。

この薬草園の世話をするために、毎日、判で押したように通ってきてくれていた志保が、訪れなくなってからもう久しい。

——あんなことがあったのだから無理もないが——

桂助は志保の父で町医者の佐竹道順《さたけどうじゅん》と、口中医として名高い横井宗甫《よこいそうほ》の三人で会合を持つことになっていた。

ところが急な患者で約束の刻限に遅れた桂助は、惨殺《ざんさつ》された無残な二体の亡骸《なきがら》に遭遇したのである。

——わたしも遅れなければ、お二人と同じ運命に——

桂助は生き残ってしまった自分を責めた。

それを悟った志保は顔を合わせるのが辛《つら》くなり、薬草園へ足を向けなくなった。そして、とうとう市中からも姿を消したのである。

一通の文《ふみ》も届かず、志保の行方《ゆくえ》は月日が流れた今もわからない。

下手人《げしゅにん》は正義漢を気取り、自分を悪の成敗人《せいばいにん》だと思い込んで、罪無き人々を手に掛けていた侍《さむらい》とわかって厳罰に処せられたが、その侍の耳に、偽りの黒い噂《うわさ》を注ぎ込んでいた黒幕の存在はようとして知れなかった。

——もしや、志保さんは黒幕を探し出そうとしているのでは？——

桂助は時折、川面《かわも》に浮いている志保の着物や、袈裟《けさ》懸《が》けに切り裂かれている、見慣れた志保の後ろ姿を夢に見ることがあった。

——人を操ることのできる黒幕は手強《てごわ》い相手に違いない。志保さんでは敵《かな》うはずもない。志保さんには、生きていてほしい、けれども、もう生きてはいないのかもしれない——

そんな思いが、桂助の心を常に塞《ふさ》いでいる。

——とうとう、今日は志保さんの顔が蟻の巣にまで見えてしまったか——

起きだした桂助は身支度して、勝手口から薬草園へと出た。

春先とあって、さまざまな薬草の緑色の芽と葉が黒土の上を彩っている。

桂助はこうした眺めが好きであった。

——命が芽吹く様子は美しくもうれしい——

しかし、薬草園の中ほどまで行くと、

——これは——

思わずぎょっとして目を疑った。

昨日まで黒土が見えなくなるまでびっしりと生えていたゲンノショウコが、根こそぎ掘り起こされて一本もない。

「こりゃあ、ひでえや」

鋼次《こうじ》が朝の挨拶をする代わりに隣りで呟《つぶや》いた。

房楊枝職人《ふさようじ》の鋼次とは、虫歯で苦しんでいるところを通りかかった桂助が助けて以来、〝十年の知己〟では言い足りず、今では兄弟同然の仲である。

その鋼次は柄《がら》にもなく、小町娘の美鈴《みすず》に一目惚《ひとめぼ》れされ、所帯を持って、毎日、人も羨《うらや》む幸せな暮らしぶりであった。

だが桂助のことは決しておざなりにしない。

美鈴と二人で朝餉《あさげ》に間に合うように訪れて、三人で膳《ぜん》を囲むなど、以前にも増して桂助の世話に余念がなかった。

「美鈴さんは迷惑だと思います」

いつだったか、桂助が諭すと、

「いいや、美鈴は喜んでるよ。朝から井戸端で、うちのおっかさんと顔合わすの嫌だろうからさ」

鋼次は思いきり、首を横に振った。

夫婦の新居は、鋼次の家族と相長屋であった。そこはけむし長屋と呼ばれている。

「悪気はねえんだけど、おっかさんときたら、ガミガミの嫁いびりの親分だからさ。美鈴、お嬢育ちだから、俺《おれ》に隠れてめそめそしてんだよ、たまらねえよな？　それよか、俺の汁の腕ってなかなかだろ？　ここじゃ、ガミガミも聞こえねえし、美味《うめ》え朝飯が食えるってもんだ。こっちこそ、桂さんに礼が言いてえよ」

実のところ、飯炊きをするのは桂助で、汁は鋼次が薬草園の奥にある青物畑の葱《ねぎ》などで作る。

大店《おおだな》の娘だった美鈴は料理が不得手《ふえて》で、ただ、目刺しを焼いたり、漬物を切ったり、佃煮《つくだに》を小鉢に盛りつけるだけなのであった。

もっとも手先は意外に器用で、桂助などよりよほど上手に鋼次の房楊枝作りを手伝《てつだ》っている。

これもまた、嫁の甲斐性《かいしょう》は煮炊きだと信じ込んでいる姑《しゅうとめ》には気に入らないのであった。

「鋼さん、竈《かまど》にかけたお鍋《なべ》のお湯、汁にちょうどいい塩梅《あんばい》にぐらぐらしてきたけど、そろそろ煮干しを引き上げていいかしら？」

厨《くりや》に直行していた美鈴が鋼次を呼びに来た。

美鈴は亭主をまだ〝あんた〟とは呼べずに、桂助に倣《なら》って〝鋼さん〟で通している。

「まあ――」

美鈴はゲンノショウコの姿形が無くなっている様子に青ざめた。

昨年の秋、美鈴がゲンノショウコの株を分けて増やしたのである。

ゲンノショウコは葉と根茎に整腸作用と健胃《けんい》効果があり、歯を患う患者はとかく胃腸を壊しやすかったので、桂助はしばしば処方している。

「おいおい、冗談じゃやねえ、こっちもだぜ」

薬草園の奥で鋼次の声が上がった。

すぐに桂助と美鈴が駆け付けた。

「これは志保さんが種から育てて、俺が去年の春、株分けして大きくしてやった二輪草《にりんそう》だぜ」

志保がいなくなってからというもの、鋼次は夕方まで桂助のところで房楊枝を作りつつ、雑用をこなしている。

そこに加わった美鈴は、持ち前の大らかで誰からも好かれる気性を発揮して、応対一切を引き受けている。

もちろん膳は桂助を中心に三人で囲む。

「桂助さん、迷惑じゃないかしら?」

美鈴もまた案じたが、

「そんなこと絶対ねえよ。桂さんと俺とは昨日今日の間柄じゃねえ。桂さんが実はすっげえ寂しがり屋で、志保さんがいなくなって堪《こた》えてるってこと、俺は知ってんだから」

鋼次は心配そうにふうとため息をついて、眉《まゆ》を寄せた。

そんなわけで、三人はそれぞれの役目をこなして忙しい毎日ではあったが、三人ともが欠かさないのが薬草園の手入れであった。

志保が一人で管理、丹精《たんせい》してくれていた薬草園を、今では三人で分けて世話をしている。

鋼次が受け持っている二輪草には根茎に地烏《じう》と呼ばれる解熱《げねつ》、鎮咳《ちんがい》の効能がある。

「気になりますね」

桂助は呟いて、二輪草が引き抜かれた場所からさらに奥へと進んだ。

「ああ、よかった」

桂助は青々とした葉を重ねているトリカブトに見入った。

葉から茎、花、根まで余さず猛毒があるトリカブトは、桂助が管理している。ほんの僅《わず》かな量で人の命が絶たれるこの毒草も、適量を用いれば強力な鎮痛薬となり、乾燥させた塊根《かいこん》の子根が附子《ぶし》、親根が烏頭《うず》と呼ばれて珍重されている。

少量の烏頭を同じく鎮痛効果のある細辛《さいしん》と合わせて砕き、歯茎に塗布《とふ》すると軽い麻酔の状態となり、歯抜きの時の苦痛を和《やわ》らげることができる。

抜歯は釘抜きに似た抜歯器具を用いるか、あるいは痛む歯にかけた糸の端を手に隠し持った穴開き銭に通し、居合抜きさながらの気合いで引き抜くという大道芸に委ねるのが常である。

どちらも患者の苦痛のほどは、はかりしれない。そればかりか、痛む歯が化膿していた場合など、抜歯が原因で毒が身体《からだ》中にまわり、命を落とすことさえあったのである。

桂助は歯抜鉗子《かんし》、歯鋏《はばさみ》、口中万力《まんりき》を使った痛くない抜歯の名人として名高いだけではなく、抜歯後、死にかけていた患者たちを何人も救ってきている。

「ほんとうによかった」

桂助は鋼次と美鈴が調えてくれた朝餉の膳の前で、改めて胸を撫《な》で下ろした。

「桂さん、今日に限ってどうしてそんなに忙《せわ》しく食うんでえ？」

鋼次は目を丸くした。

桂助は飯椀に味噌汁をかけて食べている。そんな桂助を見たのは初めてだった。

二

「これからすぐに、トリカブトを掘り起こして鉢に移し、目の届くところで世話をしなければならないからです。患者さんたちが来る前に片付けなければ――。ところで、鋼さん、トリカブトを植える大鉢はありましたよね」

「そりゃあ、納屋に素焼きのが幾つもあるけど、どうして、よりによって、そんなめんどうなことをしなきゃなんねえんだ？」

「トリカブトの葉はゲンノショウコや二輪草に似ています。よく見れば違いますが、どれにもヨモギのような切れ込みが葉に入っているでしょう？」

「ゲンノショウコや二輪草を盗んだ人の本命は、トリカブトだったってこと？」

美鈴はぞっと肩を震わせた。

「そうでなければいいとは思いますが、念のためです」

こうして三人はトリカブトの根を、傷がつかないようにして掘り起こすと、黒土で満たした大鉢に移し替えた。

「トリカブトは日陰を好むので、陽《ひ》があまり当たらない裏庭に置いてください」

折良く、桂助の治療処《どころ》からは縁側と裏庭が見渡せる。

作業を終えて、順番を待つ患者たちが一人、二人と待合室を兼ねた座敷に集まってくると、

「さて、行くとするか」

鋼次は戸口へと向かった。

「どこへ？」

美鈴が鋼次に訊《き》いた。

「決まってるじゃねえか、番屋《ばんや》だよ。盗《ぬす》っ人《と》はトリカブトを諦《あきら》めきれねえでいるかもしんねえだろ」

「でも、また盗みに入っても、薬草園にさえなければ大丈夫なんじゃない？　そのために裏庭に移したんだから」

「甘い、甘い。盗っ人が、桂さんを襲って猛毒がどこにあるか、口を割らそうとしねえとも限らねえからな。挙げ句は、殺されるかもしんねえ。俺は番屋に届け出て、盗っ人が見つかるまで、役人たちに夜、ここを見張ってもらうつもりだよ」

鋼次は興奮気味である。

「それ、少し大袈裟《おおげさ》すぎるような気がするけど」

美鈴が首をかしげた。

「このお江戸で一番の歯抜き名人の桂さんに、何かあったら、この先、歯痛《はいた》でのたうちまわってる奴《やつ》らはいってえどうするんでえ？　誰を頼りゃあいいんだ？　こりゃあ、もう、桂さん一人の大事じゃねえんだよ」

鋼次の鼻息荒い献身ぶりに、

「ありがとう、鋼さん。でも、お上《かみ》はそこまでのことをしてくれるでしょうか？」

桂助は苦笑した。

こうして鋼次が番屋へと出かけていった後、美鈴が応対して桂助が患者を診《み》るという診療が続いた。

昼近くなってやっと座敷に患者の姿がなくなり、美鈴は抹茶《まっちゃ》を点《た》てて、懐紙の上に品よく載せた干菓子《ひがし》と一緒に桂助に勧めた。

金平糖《こんぺいとう》や落雁《らくがん》等の干菓子は美鈴の大好物で、こっそりと実家《さと》の芳田屋《よしだや》から届けられてきている。

「どうぞ、疲れがとれますから」

番茶の淹《い》れ方は知らないが、略式の茶の湯の点前《てまえ》を思いつくあたりが、さすが大店の娘である。

「あの、あたし、患者さんの応対だけじゃなしに、志保さんのように、治療のお手伝いもした方がいいでしょうか？」

歯抜きなどの時に限って、志保が桂助の助手を務めていたことを、美鈴は鋼次から聞いて知ったばかりであった。

たしかに歯抜きや口痺鎌《こうひがま》を使って歯肉の膿瘍《のうよう》を切開して膿《うみ》を出すような大がかりな治療には、患者の身体が動かないように押さえたり、助手の存在は有り難いものであった。

今は桂助は患者を抱きかかえるようにして押さえ込んで、この手の治療をこなしている。

「俺を呼んでくれりゃあ、いいんだけど。俺には俺の仕事があるからって、遠慮して、一人で頑張ってるんだよ。桂さんらしいだろ？　でも、相手が大男だったりして、怖いのと痛いのとで大暴れされると、桂さん、相当疲れちまうはずだぜ。それで手元が狂うことだって、いつあるかもしんねえ。何とか手伝ってやってくれよ」

美鈴は鋼次に頼まれていた。

「患者さんの中には力が強い方もいます。あなたが跳ね飛ばされて怪我《けが》でもしたら、鋼さんに合わす顔がありません。お気持ちだけいただきます」

丁重《ていちょう》に断った桂助だったが、この時、一瞬、志保の面影《おもかげ》が頭を掠《かす》めた。志保が汗だくになって、大熊《おおくま》と呼ばれていた大工の棟梁《とうりょう》の歯抜きを手伝ってくれた時のことが思い出された。

——志保さんはああ見えて、結構、力も度胸もあった。まずは棟梁の口を開かせて麻酔の塗布をする。そこで、わたしが歯鋏や口中万力を手にしたとたん、棟梁は〝怖い、怖い、嫌だ、嫌だ〟と子どものように泣きだし、〝まあまあ、落ち着いて。決して痛くはありませんから〟と宥《なだ》めるわたしを振り切って、治療処を出ていこうとした。縁側にまで跳ね飛ばされていたわたしが立ち上がろうとすると、ばちんと大きな音がして、棟梁の前に立ちはだかった志保さんが、平手打ちを喰らわせていた。〝あなたは桂助先生を信じたからここへ来たのでしょう。ならば、どうか最後まで信じてください〟、そう言い切って志保さんは、棟梁の分厚い背中をぐいぐいと押して治療台の前に座らせてしまった。あの時は冷や汗ものだったな——

桂助はふと、自分がなつかしさと切なさで胸がいっぱいになっていることに気がついた。

——桂助さんは誰かを助手にしてしまうと、もう、決して志保さんが戻ってこないような気がしているのだわ。ずっと志保さんを待っているつもりなのね——

美鈴が察して、

「あたしじゃ、志保さんの代わりは務まらないんですね」

思わず口走ると、

「志保さんはあなたと違って独《ひと》り身でしたから」

俯《うつむ》いた桂助はさらりと受け流した。

鋼次が南町奉行所定町廻《じょうまちまわ》り同心友田《ともだ》達之助《たつのすけ》と下っ引きの金五《きんご》を伴って、〈いしゃ・は・くち〉に帰ってきたのは、すでに八ツ時《どき》（午後二時頃）を過ぎた時分であった。

「つたく、友田の旦那ときたら、酒をかっ喰らって寝ちまってて、いくら呼んでも起きねえんだからさ。おかげでこちとら、昼飯食ってねえんだぞ」

開口一番文句を言う鋼次に、

「はい、これ」

美鈴が握った不格好《ぶかっこう》な握り飯を渡した。

「鋼さんは帰ってこないし、こういう時はあれに限ります」

梅干しと味噌を芯《しん》にした握り飯を提案したのは、桂助であった。

「朝のご飯、残しといても仕様がないから、全部握っちゃっときますね」

こうして残りご飯は握り飯となり、昼飯抜きの鋼次の胃の腑《ふ》に納まった。

「何だか、わしも腹が空いてきた」

友田の腹の虫がぐうと鳴いた。

四十歳すぎた友田は未だ独り身で、楽しみは常に過ごしてしまう晩酌であった。女手に恵まれていないので、滅多に洗濯されない小袖や袴《はかま》は饐《す》えた匂いがしていて、薄汚い中年男の典型が友田であった。

「それでは友田様もどうぞ」

美鈴は友田にも握り飯を勧め、金五の目がじっと皿に並んでいる握り飯に注がれているのに気がつくと、

「金五さんも、どうぞ、遠慮なく」

にこやかな笑顔を浮かべた。

金五は痩《や》せてひょろりと背が高く、両手両足が人並みはずれて長く、蚊蜻蛉《かとんぼ》のような印象を受ける。

痩せの大食いとは金五のことで、たいていいつも腹を減らしていた。

鋼次は二人が食べ終えるのを見計らって、

「市中が大変なことになってるのを、旦那から話してくだせえよ」

友田を促した。

「まあ、待て。この茶を飲んでからだ」

桂助が淹れた番茶を啜《すす》った。

「美味い。菓子はないのか？」

「申しわけありませんが――」

美鈴が詫《わ》びた。

番茶に干菓子は合わない。

「ふう、じゃあ、この茶をもう一杯。話はおまえがしろ」

お代わりの番茶は鋼次が淹れ、友田がしゃくった顎《あご》の先にいた金五が話しだした。

「一月《ひとつき》ほど前から、市中のあっちでもこっちでも、薬草園が荒されてるんだよ」

「どんな草木が盗《と》られたのですか？」

「どうってことのないゲンノショウコに二輪草なんで、届けてなかった医者や薬屋も結構いた。ところが、ついこの間、草木屋《そうもくや》っていう大店の薬問屋が、仕入れたばかりの附子を蔵に入れといて、そっくりやられちまったんで大騒ぎになった。最初はゲンノショウコや二輪草泥棒とは結びつけようとしなかったんだけど――」

その先を金五が続けようとした時、

「わしはいち早く、ゲンノショウコ、二輪草、トリカブトは葉がそっくりなことに気がついた。それで目下、手分けして、今まで届けのなかった医者や薬屋を訊き回っているところだ。盗っ人はきっとどこかに手掛かりを残しているはずだからな」

友田は自慢げに大きく目を瞠《みは》って胸を反らした。

——汚ねえぞ、手柄の一人占めだな。どうせ、葉の形に気がついたのは金五に決まってる——

鋼次は咄嗟《とっさ》に友田の顔を睨《にら》み付けていた。

金五は鋼次と相長屋の弟分で、兄貴、兄貴と何かと慕っていて、時折、薬草園の水やりを手伝うこともあった。

一度目にしたものは決して忘れないという特技がある金五なら、トリカブトの葉がゲンノショウコ、二輪草に似ているとすぐに気づいたはずであった。

三

「それで藤屋、鋼次の話によれば、おまえはわしらにここを見張れと言うのだな」

友田はぎょろりと二日酔いの赤い目を桂助に据えた。

「歯抜きに欠かせない附子になるトリカブトは、鉢に移し替えて裏庭に運び入れてあります。お忙しいお役人の方々に迷惑はかけられません。どうか、見張りの件はご放念ください」

　桂助は辞退したが、

「ここは痛くない歯抜きで知られていて、附子は常備されていると相手も知っているはずだよ。だとすると、一度盗みに入って、似て非なるものを摑《つか》んだ盗っ人が、悔し紛れに、また押し入るってこともあるんじゃない？」

　心配のあまり金五が呟くと、

「なるほどな」

　あろうことか、友田は大きく頷《うなず》いて、

「それでは、しばらくわしがここに寝泊まりする。これでもわしも若い頃は通っていた道場の主から、娘の婿《むこ》にと望まれたことのある腕前だ。藤屋、安心しろ」

にっ、と歯草《はくさ》（歯周病）特有の紫がかった歯茎を見せて笑った。

　——夜だけでも、こんな奴に居座られちゃ、桂さん、絶対迷惑なはずだ——

　案じた鋼次は、

「旦那にそんなことをさせちゃあ——枕だって変わってよく眠れねえだろうし。その点、金五なら立ったままでも眠れる。そうだよな、金五」

金五に相づちを求めて、代わりを務めさせようとした。

「そうだよ、その通りだよ、旦那」

金五と鋼次が目と目で頷き合った。

「いいや、わしが泊まる。それに藤屋には折り入って頼みもある」

友田は頑《がん》として退かず、

「歯草の治療ですね」

桂助は穏やかな微笑《わら》いを浮かべた。

「腫《は》れて、このところ痛みが強い。それを誤魔化《ごまか》したくて嫌いではない酒を飲む。これがまた悪いようだ」

友田は顔を顰《しか》めた。

「お酒を飲んで口をゆすがず、そのまま眠ってしまうのが悪いので、歯草の悪化はお酒のせいではありません。いいでしょう、友田様に守っていただく代わりに、嫌われるほど付き添ってお口と歯茎の手入れを指南させていただきます」

桂助は言ったが、友田の後ろに回った鋼次と金五は、

「疫病神《やくびょうがみ》にも親切なのは、桂さんらしいよ」

「ああ見えて、友田の旦那も悪い人じゃないよ。それに剣の腕はほんとに凄《すご》いらし

い」

互いの耳に囁《ささや》き合った。

こうして、友田は金五を伴って日暮れまで医家や薬屋を回った後、桂助のところで寝泊まりすることになった。

桂助は友田の歯草に、はこべ療法を試すことに決めた。はこべ療法には、はこべで作る歯磨き粉が要《い》る。

〈いしゃ・は・くち〉の薬草園には、はこべ畑もあった。今の時季には、はこべが地面を這《は》って波打つようによく茂り、志保はこれらを摘《つ》みとって、年間を通して使うはこべの歯磨き粉を作っていた。

摘んだはこべを天日干しにした後、擂《す》り粉木《こぎ》で粉末にする。これに同量の塩を加えて出来上がる。

志保がいなくなってからは、この作業は鋼次が引き受けてくれていたが、今年は桂助が手ずからはこべを摘み取って作り上げた。

「いいんだよ、桂さんは忙しいんだから」

代わろうとした鋼次に、

「いいえ、白い花も一緒に乾かして入れてみたいので、わたしがやります」

桂助は断った。

「え？　はこべの白い花って、地味なだけじゃなしに、なんか凄い薬効があるのかい？」

「あるような気がしています」

桂助は重々しく応《こた》えたが、

――志保さんはけなげに咲いているはこべの小さな花を、捨ててしまうのは可哀想《かわいそう》だと言って、葉と一緒に乾かして擂り潰《つぶ》していた――

実は志保の思い出に浸りたかったからであった。

意外に素直にはこべ療法を受け容れた友田は、三日ほど経《た》つといくらか歯茎が締まってきた。

「なかなかすっきりした使い心地だ」

上機嫌である。

何日か過ぎて、

「何か手掛かりはありましたか？」

桂助は盗っ人について訊いてみた。

「ない。どこも盗まれたのはゲンノショウコや二輪草ばかりだった」

「薬草に無知な盗っ人が、ただ、操られていただけだったということですか？」

「そのようだ。だが、昨日、面白《おもしろ》い話を聞いた。山へ入って集めてきた薬草を、医家や薬屋を回って売りさばいている、担ぎ薬草売りの一人が、これから先は稼ぎがさっぱりになるだろうから、首を縊《くく》りたい気持ちだと泣き言《ごと》を言っていたのだ。何日か前を境に、あれがあそこから根絶やしになったからだと言う」

「あれというのはトリカブトで、あそことは生えている場所のことですね」

「どことは言えないそうだが、トリカブトがどっさり生えていて、しかも、毒の強さは群を抜いている代物《しろもの》だったそうだ。根を乾かして附子として用いても効き目はよく、医家や薬屋に喜ばれ、稼ぎ頭だったとも言っていた」

――トリカブトは猛毒なだけに案じられる――

桂助は深く懸念した。

「盗っ人は捕まらず、黒幕もわからない。たしかにトリカブトに関わる心配は尽きないが、我らのお役目は実はこれだけではない」

なぜか友田は声を潜《ひそ》めた。

「他にまだ、市中で事件が？」

「一言で言うと、真っ裸御隠居腹上死《ふくじょうし》事件だ。一月に一体の骸《むくろ》が往来で見つかる」

「お年齢《とし》を召して、なお、お元気なのは結構なことですが、遺《のこ》された家族は困惑されるでしょう」

「たいていが大店の主《あるじ》だった男たちで、出合茶屋で女と時を過ごしている最中、いい気分のうちにあの世へと逝ってしまう。困った茶屋の主と女が相談して、身ぐるみ剝いだうえ、少々離れた人通りのある往来に真っ裸で捨てておく。これを見つけた者が番屋に届けてくるのだが、真っ裸なのでなかなか身元がわからない。たまたま、神隠しに遭《あ》ったと届けてきた大店の女主が、骸に〝おとっつぁん〟と叫んですがりついた。それで質屋をくまなく探させたところ、立派な根付けや煙草《たばこ》入れが質入れされていたのでこの絡繰《からく》りがわかった。以来、年配の男が真っ裸で行き倒れていると、近くの出合茶屋や私娼《ししょう》、質屋を洗って身元を突き止め、案じている家族へ返しているのだ。骸は大店や大身《たいしん》のお旗本の御隠居とあって、家族は奉行所に礼を弾む。それで我らは何をさしおいてもこれは外すなと言われているのだ。しかし、これもなかなか骨の折れるお役目だぞ」

友田はふうと大きなため息をついて、

「ただ、たとえ骸になっていても、返ってきた身内の姿に涙する家族の気持ちはよくわかる」

目を瞬《しばた》かせた。

「友田様のお身内にも、いなくなられた方がおいでなのでは？」

　桂助は友田から家族の話を聞いたことがなかった。

「うちは不始末が理由で曽祖父《ひいじい》様の代に浪人となったが、父上の代に町方同心になった。父上の話によると、父上はずっと貧しい暮らししか知らず、父上の母上と妹は満足な治療が受けられなくて、流行風邪《はやりかぜ》が因《もと》で死んだ。父上は祖母《ばあ》様や叔母《おば》上を死なせたのは無力な祖父様のせいだと思えて憎く、祖父様とはほとんど口を利かず、道場に通って得手の剣術に励んだそうだ」

「お父様はきっとたいした腕前だったのでしょうね」

　桂助の言葉に友田は頷いて、

「道場主に一人娘の婿にと望まれるほどだった。父上は、対峙《たいじ》している相手が弱々しい目をした祖父様に見えたこともあるという。そんなある日、祖父様が突然いなくなった。書き残したものは何一つなかったが、何年も会っていない大伯父《おおおじ》上が突然訪れて、甲斐性なしの祖父様が父上のために同心株を買っていたと告げられた」

「同心株は安くはないはずです」

「そうだ、そうだ。何と祖父様は無理をして、父上の将来のためにと同心株を買ってくれていたのだ。いなくなって戻らなかったのは、命がけの仕事か、お役目だったのだろう」

友田の目に涙が滲《にじ》んだ。

「それでお父様は道場主にはならずに、同心になられたのでしたか――」

「道場主の一人娘は蓮の花のように清らかで美しかったそうだ。道場を継げば、幸せな婿になって、三十俵二人扶持《ににんぶち》の同心よりは、多少豊かな暮らしもできたであろう。だが、父上は、我が子のために命まで賭けた祖父様の親心に報いなければならない、友田の姓を捨ててはならぬと思ったそうだ。祖父様に冷たく当たったことを後悔し続けた。道を歩いていて、いなくなった時の祖父様に似た相手とすれ違うと、つい追いかけて、もう一度顔を見てしまうのだと言っていた。心のどこかで、帰ってくるはずのない祖父様を待っていたのだ。骸で確かめるまではその死を信じたくない、どうか、待ち続けてやってほしいというのが、父上の今際《いまわ》の際の言葉だった」

友田はしんみりと話を締め括《くく》った。

四

「友田の旦那の朝餉は、一日分なんすかね」

毎朝、美鈴とともに一汁一菜を調える鋼次が呆《あき》れ返っている。

「桂さんも飯を釜《かま》一杯炊いてるし――」

この日の汁は豆腐と揚げの味噌汁で、菜《さい》は無かった。

「目刺しくらいあってもいいのだがな」

洩らした友田を、

「あいにく、揚げだって無料《ただ》じゃねえし、揚げ入りの味噌汁は菜も兼ねるんですよ」

鋼次はじろりと睨んだ。

「まあ、食べられる時にうんと食っておくのが、これまで独り身を通してきたわしの流儀だ。これは酒についていても変わらない」

友田に鋼次の嫌みは通じていない。

そんなある日のこと、

「大変、大変」

友田以外の三人が朝餉を終えたところへ、金五が走り込んできた。

「いってえ、何だよ？」

訊いたのは鋼次で、

「まあ、待て」

友田はまだ箸を置いていない。

「旦那――、暢気《のんき》に――朝餉――なんて食べてる――場合じゃないよ」

金五は、はあはあと息を切らしている。

金五を含む四人の目が、いっせいに友田の箸を見た。

「何が起きたと言うのだ？」

友田は渋々箸を置いた。

「また、素っ裸の骸が放り出されてたんだよ」

「いつものことじゃないか。まずは近くにある出合茶屋と出入りの私娼を探せ。御隠居の着物や持ち物をくすねていたら、それも出させるんだ。早くしろ。わしに報《しら》せる前にそいつらを調べる方が先だろう？　何でそうしなかったんだ？　この薄馬鹿めが――。ぐずぐずしていると質屋に持っていかれて、探すのがめんどうになる。市中に質屋は何軒あると思っているんだ。しらみ潰しに足を運ぶのは大変だ。いいか、身元を突き止めろと上からやいのやいの言われるのはおまえじゃない、このわしなんだぞ」

友田は勝手な言い分で金五を責め立てた。

「だって、旦那、骸は三十歳ぐらいの男なんだよ。好き者の御隠居なんかじゃ、ありっこないよ。それに――」

金五は先を続けようとしたが、

「何？　御隠居じゃないと？」

悲鳴のような友田の声に遮《さえぎ》られた。

「三十歳ほどでも放蕩が過ぎれば、隠居させられる者とているだろう？　なあ、藤屋？」

桂助は友田に相づちをもとめられたが、それには応えず、

「御隠居さんではない証《あかし》が他にあったのですか？」

金五に尋ねた。

「タンポポ」

金五は友田の顔色を窺いながら、ぽつりと洩《も》らした。

「それにスミレ」

「タンポポとスミレの汁が足に付いていたということですか？」

桂助の推量に金五はこくりと頷いた。

「黄色と紫色で両足が染まってたんだ。草履《ぞうり》や下駄《げた》履きで、タンポポやスミレの茂みを踏むと必ずそうなる」

「どうして、おまえはそんなふうに言ってのけられるんだ？　タンポポとスミレの両方がある場所に心当たりでもあるというのか？」

友田はいきりたった。

「だって――」

金五は桂助に救いの目を向けてきた。

「今時分に咲くタンポポやスミレの根等を乾かして煎《せん》じると胃腸を守り、生の葉や根は皮膚の病いに効きます。たいていどこの薬草園でも、タンポポ、スミレを植えているはずです」

「ということは――」

友田の目が一瞬ぎらっと光って、

「まさに、〝幽霊見たり枯れ尾花《おばな》〟ならぬ、〝裸骸見たり盗っ人男〟よな。これで一つ片付いた。今日はいい酒が飲める。行くぞ」

勢いよく立ち上がった。

「もたもたするな」

友田の怒声を浴びた金五だったが、

「あの、おいら、タンポポとスミレの花を踏むと、きっと黄色と紫に染まるって言ったけど、うちの祖母ちゃんが摘んできたタンポポやスミレで、ちっちゃな布切れを染めていたのを見ただけなんだ。布切れと人の肌とじゃ違うし、桂助先生、一緒に来て確かめてくれないかい？　もしかすると、病気でそんな色になってんのかもしんないし、打ち身でも黄色や紫の斑が出るだろ？」

拘《こだわ》り続けて桂助に懇願した。

「よろしいでしょうか？」

桂助は友田に許可を得ようとした。

「まあ、いいだろう」

答えた友田の鼻がふんと鳴った。

「なるべく早く戻るつもりですが、患者さんをお待たせするかもしれません。よろしくお願いします」

桂助が後を頼むと、

「いつもの通り、俺に任しといてくんな。桂さんがいない間、美鈴がはこべ塩を患者さんの痛い歯や歯茎に擦り込んで、その後、話し相手になったり、俺が房楊枝作りをご披露してるよ。たいてえの患者さんははこべ塩の効き目もあって、笑ったり、面白がったりして、一時《いっとき》、歯の痛みを忘れてくれるんだ。ほら、歯の痛みって奴は痛い、痛いと思うほど痛くなるもんだから――」

鋼次は胸を叩いて請け負ってくれた。

三人は番屋へと急いだ。

番屋の腰高障子《こしだかしょうじ》を開けると、すでに戸板で運ばれていた骸が、筵《むしろ》が被されて土間の隅に置かれている。

友田が顎をしゃくって、金五が筵を取り除《の》けた。

たしかに骸は三十歳前後の若い男だった。町人髷《まげ》は結いたてで、髪油がよく光っている。

――この傷は髪を梳《す》く櫛《くし》の歯先で付いたものなのだろうが――

桂助は結いあげた髪の根元に添って付いた、何本もの白い筋に気がついた。

――これは刀傷《かたなきず》ではない。この傷が死ぬ前に付けられた刀傷なら、血が流れて傷口も大きく赤く腫れているはずだ。白い筋にしかなっていないということは、骸になってから髷が結い直されたことになる——

「早く、足を確かめよ」

友田に急《せ》かされて桂助は両足の甲と裏を見た。

——ああ、やはり同じだ——

黄色と紫色が斑《まだら》模様となって骸の足の甲と裏に広がり、爪も染めている。

桂助は皮膚病の薬を作るために、志保がタンポポやスミレを摘んでいたことを思い出していた。

志保ははこべ同様、花を捨てるのはしのびないと言って、笊《ざる》に集めて干した後、香炉に入れて香りを楽しんでいた。

その際、〝ああ、でも、これだけは嫌なんですよ、なかなか付いた色が取れなくて〟と、タンポポやスミレの汁が染《し》みついた両手を見せてくれたことがあった。

「死んだ後の痣《あざ》ということもあるのではないか？」

意外に慎重な友田の言葉に金五は狼狽《うろた》えたが、

「死斑ではこれほど鮮やかな黄色や紫色には染まりません。それに死斑なら全身に出るはずで、足だけに出るのはおかしなことです」

桂助は言い切った。

「ということは、こ奴《いつ》が薬草園荒らしにして、附子盗っ人と決めつけてよいのだな？」

「それではあまりに性急すぎます。まずはこの骸の身元を突き止めるのが先決でしょう」

「そうは言っても手掛かりがな――。やはり、近くの出合茶屋や私娼を当たるとするか――」

「その必要はないと思います」

桂助は骸の開いたままの両目を見据えている。

「目の中に小さな血の点が見えます。幸せな御隠居たちのように旅立ったのではなく、殺された証です」

「目の中の血の点は絞め殺された証であろう。しかし、首に巻かれた筋も絞められた痕《あと》もないぞ」

友田は何の痕もない骸の首を凝視した。

「たぶん――」

桂助は持参してきた銀の匙《さじ》を骸の口に差し入れて引き抜くと、確固たる殺害の証を見せて、

「この通り、真っ黒に変色しています。種類までは特定できませんが、毒死させられ

たのです。下手人は、よほど気をつけて検分しなければわからないような毒を使ったのです。恐ろしいほど毒の知識に長《た》けた者の仕業《しわざ》でしょう。そのうえ――」

殺害後に結い直された髷を指摘した。

「何と御隠居腹上死同様に見せかけて、我らを欺《あざむ》くつもりだったのだな。何という不届き千万な――」

友田の目が怒りで燃えた。

五

金五は、

「この骸の足、太股や脹脛《ふくらはぎ》ががっちりしてるよね。こういう足の持ち主なら知ってる。飛脚《ひきゃく》ってたいていみんなこんなだよ。駕籠舁《かごかき》もそこそこ逞《たくま》しいけど、飛脚ほどじゃない。おいらも足には自信あるけど、ひょろ長い足なもんだから、飛脚みたいには速く長くは走れない。羨ましくていつも見惚《みと》れてたんだ」

手掛かりを口にした。

「それは確かだろうな」

友田は金五を睨むように見据えた。

「わたしは特に気をつけて、飛脚の足を見たことはありませんが、この骸の足がよく鍛え抜かれているのは事実です。一度見たものを忘れない金五さんが、憧れて何度も見てきたのですから、間違いないでしょう」

桂助は言い切った。

「すると飛脚を生業《なりわい》とする男が、唆《そそのか》されて悪の道へ引きずり込まれたというわけだな」

「飛脚ならたとえ走るのは早くても、首尾よく盗みに入って、目的を果たせるとは限りません。薬草の知識があるとは思えないからです。それゆえ、薬問屋が仕入れて、はっきり附子と記されている包みは奪えても、夜目《よめ》の薬草園では、トリカブトに似た薬草しか盗めなかったのでしょう」

「辻褄《つじつま》は合う。だが、飛脚は市中だけではなく、遠路を飛び回って文等を届ける稼業だ。一人一人、見つけて訊き糺《ただ》すのは時がかかり、なかなか調べが進まぬだろう。それに盗っ人に堕《お》ちた飛脚は、もう、とっくに仕事を辞《や》めているかもしれぬ」

友田はまた、得意のため息をついた。

「先ほど銀の匙で調べた時に気がついたのですが——」

桂助は骸の口を指でこじ開けた。

「まだ、若いというのにこの通りです」

飛脚と思われる男の歯は、生え始めた赤子のもののように小さかった。

「稀《まれ》に見受けられる、歯が満足に育たぬ性質《たち》か？」

生まれつき歯が歯茎に埋もれたまま、長じても生えてこない病いの者はいる。

「いいえ、そうではありません。この骸の歯は口中の掃除が不十分だったのが因で、じりじりと溶けて小さくなったのです」

「口中の掃除の不十分——」

咄嗟に、友田は両手で自分の口を押さえて青ざめた。

「溶け残った歯に、黒くぽつぽつあるのはむしば？」

金五が覗《のぞ》き込んだ。

「そうですが、まだ痛むほどではなかったはずです。ただし、上下四箇所の親知らずは抜かれています。おそらく、むしばの痛みに耐えかねて歯抜きをしてもらったのでしょう」

——親知らずは歯根が真《ま》っ直《す》ぐではない場合がほとんどで、抜き取るには相当の技が要る。今でもわたしは親知らずを抜く時に、口中用の細い鉄の棒を使ってテコの力で抜くが、一抹《いちまつ》の不安を覚える。大道芸人の居合いではとても無理なはずだ。いったい、どこにそんな名人の歯抜きがいるのだろうか、会って秘訣を訊いてみたい――

しばし、桂助が親知らずの歯抜きに拘っていると、

「ってことは、むしばのせいで歯が小さくなったんじゃないよね」

金五は歯の溶けた理由が気になって首をかしげた。

「実はここまで酷《ひど》い吐《は》き戻しの例を見たのは初めてです」

桂助は応えた。

「吐き戻しって？　それと歯が溶けるのと関わりがあるの？」

金五はまた首をかしげ、

「わしもたまに酒が過ぎてぐえーっと吐くことがあるぞ。いつか、このように歯が縮んでしまうのか――」

友田の顔はますます青くなった。

「この骸の歯の持ち主と友田様とでは違います。まず、骸の方から説明しましょう。この方は生きている時、あまりに重い心の負担を、お菓子を吐くほど食べて晴らしていたのではないかと思います」

桂助は説明を始めた。

「ちょっと待て。憂《う》さ晴らしなら酒と相場が決まっているではないか？　わしは若い頃からずっとそうしてきて、時には酒のせいで吐き戻すこともあった。寝る前に口を濯《すす》いで口中を清らかに保てという、藤屋の言うようにはしてこなかったが、今のところ、歯は溶けてはおらぬぞ」

友田の顔に血の気が戻った。

「おいらも菓子は好きだけど、吐くまで饅頭《まんじゅう》や金鍔《きんつば》なんかを食うっていうのが、よくわかんないよ」

金五も途方に暮れた表情でいる。

「この男はお酒の飲めない体質《たち》だったと思います。そのせいで、菓子の食べ過ぎで吐き戻しを続け、そのたびに酢に似た胃の腑の液が口中を満たし、歯を溶かしていったのです」

桂助は断じた。

「菓子に走るしかなかったとは」

友田は哀れむような眼差しを骸に向けて、

「おまえにもそのうち、止《や》むに止まれぬ、耐え難い心の重荷とやらがわかるようになる。人は時に生きるのが辛すぎることもある」

諭すように金五に言い、

「始終、菓子を食っていた飛脚ということになると、珍しいゆえ、少しは身元がわかりやすくなった。まさか、口中や歯が手掛かりになろうとはな」

目だけで桂助に礼を示した。

「お菓子の自棄《やけ》食いだけじゃなしに、盗っ人にまでなったこの骸の男の心の重荷って、いったい何だったんだろう？　おいら、調べてくるよ」

金五はいつになく思い詰めた表情で番屋を出ていった。

その後ろ姿を見送って友田は、

「若い者は成長し、年嵩《としかさ》の者は老いるばかりか――」

ふと洩らして、

「わしの口中の話がまだだぞ。どうして、酒の後吐いて寝てしまうこともあったのに、まだ歯が縮まぬのか？　吐く因が酒と菓子の違いはあっても、胃の腑の液がこみあげてくるのは同じであろうが――」

桂助を促した。

「この骸の男の吐き戻しは始終で、少なくとも一日に数回、お酒に強い友田様の方は時折《ときおり》でしょう？　胃の腑の液に口中が晒《さら》される時の長さに、雲泥《うんでい》の差があります。ただし、何度もご意見申し上げているように、歯茎の方は年齢とともに傷《いた》みやすくなり、歯草の持病は悪化します。たとえ、吐くようなことがなくても、寝る前の口中の手入れは、一日たりとも、怠らないようにしていただきたいと思います」

「わしの場合、歯は溶けて縮まずとも、抜け落ちるかもしれぬと言うのだな」

「左様でございます」

微笑《ほほえ》んだ桂助は、指で歯茎をしごいて鍛える仕種《しぐさ》をして見せた。


それから五日ほどが過ぎ、夜分に金五が〈いしゃ・は・くち〉にやって来た。

「友田の旦那、まだ起きてますか？」

金五は半泣きの顔でいる。

「ずいぶん前にお休みになりました」

桂助が応対に出た。

友田は起きていると、つい酒が飲みたくなってしまうからと言い、夕餉《ゆうげ》の後の口濯ぎを終えると床に入るのが常になっている。

もっとも、

「甲斐のない、つまらぬ日々よな」

愚痴《ぐち》は洩らし続けていたが――。

桂助に起こされた友田が、

「よほどの報せなのだろうな」

金五の前に座った。

「茶でも淹れましょう」

桂助は長火鉢に火を熾《おこ》した。

「話せ」

金五が座ったとたん、上座にいた友田が顎をしゃくった。

「あの骸の主は、下谷山崎町《したややまざき》の長屋に住む飛脚の源八《げんぱち》だったよ。菓子屋はずいぶん当たったけど、誰も覚えてなくて、もしやと思って砂糖屋も回ったんだ。自棄食いで食べるんなら、美味い菓子じゃなくても、いいんじゃないかと思って――。友田の旦那だって、結構安酒が好きだろう? 砂糖屋の五軒目、奄美屋《あまみや》で黒砂糖に行き当たった。おいら、絵師みたいにはいかないけど、あの骸の顔を描き取っておいてたんだ。それを見せると、手代《てだい》の一人が、〝間違いない。この男はいつもどっさり買いに来ていた〟って言った。飛脚だった頃から知ってて、源八って名も住み処《か》も教えてくれた。おいら、すぐに下谷山崎町まで走ったんだ」

「それで？　源八を盗っ人に雇った奴の手掛かりはあったんだろうな？　その奴を長屋の誰かが見てはいないのか？」

友田は気が急いている。

「黒幕を見た人なんていないよ」

「馬鹿っ」

怒鳴《どな》った友田を、

「まあ、手掛かりはどこにあるかわかりません。順を追って金五さんの話を聞きましょう」

桂助は宥めて、

「続けてください」

金五に話を促した。

「これは井戸端にいたおかみさんたちに聞いた話だよ。孤児《みなしご》で親戚を盥回《たらい》しだった源八の、たった一人の身寄りは妹だった。その妹が転地すれば治るかもしんない、っていう重い病いに罹《かか》った。そこで源八は妹を転地させて、病いを治してやろうと思い立ち、博打《ばくち》に手を出しちまった。それで大損しちまったんだって。挙げ句、妹は死に、どうせ簀《す》巻きにされるんなら、妹の後を追って、首を縊ろうかってとこまで源八は追い詰められてたそうだよ。おいら、身につまされたよ。一人しかいなかった身内の祖母ちゃんに死なれた時のことを思い出したんだ」

金五は目を瞬かせ、

「そんなこともあったな。おまえ、よく頑張ったよ」

友田も目を潤ませた。

「おいらには旦那や鋼次兄貴、桂助先生、大勢の人たちがいてくれたから――」

金五の声が詰まった。

「とはいえ、たとえおまえでも、大きな借金を拵《こしら》えていたら、到底肩代わりはできなかったぞ」

友田の言葉に金五は頷いて、

「そう、博打の借金を抱えた源八を助けることなんて、誰もできはしなかったんだ。おかみさんたちは、源八の菓子浸りについても話してくれた。元は下戸《げこ》の悲しさで菓子に目がないくらいだったのが、妹が死んでからは、いつも黒砂糖の大きな塊を持ってて、がりがり噛《か》んだり、舐《な》め続けてて、時にはげえげえ吐いてるのを見たって。何とかしてやりたいって気持ちはあったけど、毎日のように押しかけてくる借金取りのごろつきが怖くて、とうとうみんなで、源八に出ていくように頼んだって言ってた。

殺されたんだよっておいらが言うと、あんなこと言わなきゃよかったって、みんなわあわあ泣いてたよ」

六

「源八さんが飛脚を辞めたのはいつ頃のことでしょう?」

桂助は金五に確かめずにはいられなかった。

「妹が寝ついて、つきっきりで世話をし始めた頃だって言ってたかな。遠方へ走ることもある飛脚をしてたちゃ、看病は無理だもの――」

「先ほど、奄美屋の手代は、源八さんは飛脚をしていた頃から、黒砂糖を買いに来ていたと言っていましたね。黒砂糖は白砂糖ほど高いものではありませんが、そう安くはありません。飛脚の仕事をしていた時は、稼ぎが他の仕事よりはよかったし、のめり込んではいなかったでしょうから、余裕で黒砂糖を買って楽しめたはずです。ですが、妹さんの看病のために飛脚を辞めて、看病に専念していた源八さんは、博打で貯えを無くしてしまっていました。長屋の店賃《たなちん》や薬代もかかるというのに、酒にたとえれば、浴びるほどの量の黒砂糖を買い続けられたのか、どうしても、それが謎です」

桂助は友田の方を見て応えを待った。

「その時期に源八は黒幕と知り合ったのだろう。出会いは賭場《とば》かもしれぬ。胴元が黒幕で源八を手足のように操るために、いかさまを仕掛けたのではないか？」

「お、おいら、おかみさんたちに聞いた賭場の胴元に会ってくるよ」

「待て」

今にも駆けだしていきそうな金五を友田は止めて、

「わしも一緒に行く。おまえなんかが一人で訊きに行ったら、雇われているごろつきたちに半殺しの目に遭うぞ。わしはこれでも市中の胴元には顔がきくのだ。何しろ、長きにわたって御法度《ごはっと》の賭場に、見て見ぬふりをしてやっているのだからな。しかし、それも夜が明けてからのことだ。今、稼ぎ時の賭場へのこのこ出かけていくのは野暮《やぼ》の骨頂《こっちょう》だ。わしは寝る。おまえもその辺に泊めてもらえ」

そう金五に告げると、ふわーっと大きな欠伸《あくび》をして立ち上がり寝間へ入ってしまった。

「まだ寒いので、ここへ布団《ふとん》を敷きましょう」

桂助は金五のために寝床の用意をした。

――そういえば、金五さんがむしばのせいで顔を腫らして熱を出し、治療に来て、何日か預かって診たことがあったな――

金五も思い出したらしく、

「その節もお世話になりました。今日もすいません、ありがとうございます」

深々と頭を下げて、

「おいら、まだ一つ、源八について話してないことがあるんだけど」

気掛かりな目を桂助に向けた。

「どうか、話してください」

「桂助先生は、源八の親知らずが抜かれてたって言ってたね」

「ええ。抜いた痕の傷口はわりに新しいものなのに、裂傷《れっしょう》もなくとても綺麗《きれい》でした。よほどの歯抜きの名手だと思います」

「実はおかみさんたち、その名手の話もしてた」

「どんな方なのです？」

「何でも、小石川蓮花寺門前町《こいしかわれんげじもんぜんまち》の田辺南庵《たなべなんあん》って口中医の家にいる先生なんだって」

「たしか、田辺先生は半年ほど前、老齢で亡くなられたはずです」

田辺南庵は法眼《ほうげん》の地位を辞退して、町医者として人々の口中を診続けた名医であった。

「その跡を継いでる口中医がいるみたいなんだ。源八のやつ、親知らずのむしばの痛みで、地べたにへたりこんでいるところを、その先生が通りがかって、治療を受けたって話、長屋のみんなにしてたんだって。歯痛の時はそこに限るって、みんなに勧めてたんだ」

「なるほど」

——田辺先生の跡を継ぐくらいなのだから、よほどの手技を持った方なのだろう
——

「実はそこだけ、まだ薬草園荒らしについて訊くことができていないんだ。トリカブトや附子って、歯抜きには欠かせないから、絶対、訊かないと——。ところが、いつ行っても、本日休診の札が出てる」

「金五さんが訪ねているのは昼間ですか？」

「患者が集まる頃じゃないと、その先生もいないと思って——」

「もしかしたら、その方は往診専門でやっているのかもしれません」

「だとすると、いつもいないことと辻褄が合うよね。だけど、友田の旦那流に言うと、何をしているかわかんなくて怪しい。ひょっとしてその先生が黒幕で、源八にトリカブトや附子を盗ませようとさせてたんじゃ？　伝手《つて》があって、高く転売しようとして

たんじゃ？　見込み違いでヘマばかりする源八が邪魔になったんで、毒を盛って殺したとも考えられないかな？　薬や毒にくわしけりゃ、できるよね？」

金五の目がきらっと輝いた。

「黒幕がその口中医だとすると、そこそこ薬草にはくわしいはずです。そんな人物が、草木のことは何も知らないだろう源八さんに、一時とはいえ、黒砂糖代をも含む暮らしの助けを施し、薬草園荒らしを命じるでしょうか？　あまりに間抜けすぎませんか？」

「そう言われてみれば——。おいら、まだまだ考えが浅いんだね」

金五はしょんぼりと肩をすくめた。

「ただし、その方は源八さんから何か聞いているかもしれません。会って話を聞くべきです」

「だけど、明日の朝は、おいら友田の旦那と賭場の胴元のところへ行くことになってる」

「田辺先生のところにはわたしが代わりに早朝に行って、お話を伺《うかが》ってきます」

「いいのかな、そんなこと頼んで」

「とりあえず、友田様には内緒にしましょう」

金五はこくりと大きく頷いたとたん、もう、眠気で目が開けていられなくなり、ごろんと布団の上に横になって、すーすーと心地よさげな寝息を立て始めた。

翌早朝、桂助は夜が白むのを待って、身支度を調えると〈いしゃ・は・くち〉を出て、田辺南庵の治療所がある小石川蓮花寺門前町へと向かった。

古びている南庵の治療所は〈いしゃ・は・くち〉よりも敷地が狭い二階屋であった。ただし、抗菌、解熱に効き目のある忍冬《にんどう》の垣根はきちんと刈り込まれていて、表の庭まで桂助に馴染《なじ》みのある、さまざまな薬草が植えられている。

どれも青々とした葉をつけ、勢いよく茎を伸ばしている。

素人目《しろうとめ》にはわからないが、雑草の類は見当たらない。

――よほど、熱心に草抜きしているのだろう――

南庵の跡を継いだ人物の几帳面《きちょうめん》さが伝わってきた。

――それに昼間は留守にする時が多くても、必ず帰ってはきている。そうでなければ、ここまできちんと薬草園の世話はできないはずだ――

桂助が玄関で訪《おとな》いの言葉を告げようとした時、

「きゃあーっ」

裏庭から甲高《かんだか》い悲鳴が上がった。

桂助は急いで戸口を抜けると、

「大丈夫ですかあ、大丈夫ですかあ」

裏手へと走った。

勝手口近くに井戸があり、傍《そば》には大きな盥が伏せられていて、姉さん被りの女が蹲《うずくま》っている。

「大丈夫ですか?」

桂助は腰を落として相手を介抱しようとした。

「何でもありません、このところ、忙しくしていて、ついうとうとしてしまい、誰かに追いかけられる悪い夢を見ていたのです。もう、大丈夫です」

相手はぎこちなく立ち上がった。

「田辺先生の跡を継いで、ここで治療なさっている方を訪ねてきました」

桂助が用向きを告げると、

「治療をしているのはわたし、田辺成緒《なるお》です」

姉さん被りが外され、年頃は二十八、九歳のきりりとした美貌の女の顔が見えた。

――あんな巧みな歯抜きをしているのが、目の前のこの女人《にょにん》だったとは――

桂助が一瞬、戸惑《とまど》っていると、

「どこの歯が痛みます？」

成緒は桂助を急な患者だと勘違いして、

「歯の痛むのは辛いものですよ。すぐ診てさしあげます。口をお開けなさい」

まだ怯《おび》えの残っている顔に精一杯の微笑みを浮かべた。

「すみません、わたしは患者ではありません。湯島聖堂脇のさくら坂で開業している口中医の藤屋桂助です。こちらの先生がたいそうな腕前だと聞き及び、後学までにお話を伺いにまいりました。これからしばらくしますと、先生もお忙しくなることと思い、その前に伺ったのです」

「まあ、何と、あの歯抜き名人の藤屋桂助先生でしたか。そろそろご挨拶に伺いたいと思っていたところでした。わたしごときの話でお役に立つものかどうか——。まあ、どうぞ、お上がりくださいませ」

言葉こそ丁寧で非礼はなかったが、成緒はもう微笑んではいなかった。

だが、ともあれ、桂助は家の中へと上がった。

七

成緒が先に立って縁先の見える廊下を歩いていく。

この時、成緒の袂《たもと》から、二つ折りにした文が落ちた。

風が吹いてひらりと文の二つ折りが開き、一枚になった。

成緒は気がつかない。

拾った桂助は読むまいとしたが、岸田正二郎《きしだしょうじろう》の名がいきなり目に飛び込んでくると、もはや目は閉じられなかった。

岸田正二郎は先の将軍家定《いえさだ》に仕えた側用人《そばようにん》で、家定の異母兄弟として生まれた桂助の世話を何くれと焼いてくれた人物である。

時に信念の元に事実を秘したり、強引すぎるところもあったが、恩人と言って言えないこともなかった。

文には以下のようにあった。

岸田正二郎に近づくことなく、早急に江戸を去れ。さもなくば命はない。

——差し出した者の名も書かれていない脅《おど》しの文だ——

桂助はぞっと背筋が冷たくなり、文を懐に押し込んだ。

「お茶をお淹れしなければ——」

生薬《しょうやく》の匂いが立ちこめている治療処に案内してくれた成緒は、南庵が好んだという宇治《うじ》の上質な煎茶《せんちゃ》を淹れてきてくれた。

ただ、向かい合った成緒の表情は硬い。

「先生は田辺南庵先生のお身内の方ですか？」

桂助はまずそれを訊いた。

「いいえ、わたしは横井宗甫の姪《めい》でございます」

成緒は挑むようなまなざしを向けてきた。

「あの佐竹道順先生とともに非業《ひごう》の死を遂げられた、横井宗甫先生の——」

桂助は驚いて、飲みかけていた茶を袴の上にこぼした。

「はい」

成緒の目はまだ鋭かったが、

「佐竹先生とともに斬り殺された伯父の横井宗甫は、口濯ぎと房楊枝を用いて、できるだけ長く歯を守りきれば、自ずと寿命も延びると主張していましたが、もちろん、歯抜きにも長けていたのです。今の口中医術では、むしばは治せず、苦しみ抜いた挙げ句、全身に毒が回って亡くなる方もおられますから。病死した父は横井元甫《もとほ》と申しまして、やはり口中医でした。ですので、伯父は父代わりになって、わたしに歯抜きの術を伝授してくれたのです。伯父はわたしにとって父親のような人でした」

物言いは穏やかに淡々と続けた。

「田辺南庵先生とのご縁は？」

「伯父も父も南庵先生の弟子でした。わたしが父も得意だった歯抜きを教えてほしいと頼んだ時、女だてらに口中医でもあるまいと伯父は渋りました。そこでわたしは南庵先生に文を書いて、伯父を説得してもらったのです。南庵先生は法眼の地位を御自分は辞退して、伯父に譲ったほどの方です。南庵先生のお言葉なら、伯父も考え直してくれるだろうと思ったのです。わたしにとって南庵先生は祖父のようなお方でした。ですから、伯父宗甫の死後、ご自身の死期を感じ取られた南庵先生に呼ばれて、跡を継いでほしいと言われた時、あまりに光栄すぎて気後《きおく》れはしましたがお引き受けしたのです」

「南庵先生は横井、佐竹両先生の横死をどう受け止めておられましたか？」

――横井先生が南庵先生の高弟だと知っていれば、まだ生きておられるうちにお訪ねして、あの会合が何のために持たれたのか、お心当たりをお訊きすることができたのに――

「とても残念で行く末が心配だとおっしゃっていました。それ以上、くわしいことはおっしゃいませんでした。わたしは正直、どうして、あなた、藤屋桂助先生があの会合に遅れたのか、ずっと気になっていて、南庵先生に伺おう、伺おうと思っていたのですが、果たせないうちにお亡くなりに――」

成緒はこれ以上はないと思われる険しい目になった。

「もしや、あなたはわたしが横井、佐竹両先生を殺《あや》めた者の仲間で、それゆえ、刺客を避けて遅れたとお思いなのでは？」

「そういうこともあるかと思います」

成緒はきっぱりと言い切った。

「あなたがあの事件について、わたしに不審を抱きながらも、今まで〈いしゃ・は・くち〉を訪ねてこなかったのは、外堀を埋めるため、ようは藤屋桂助について調べる必要があったからですね」

「その通りです。わたしはどうしても、なぜ、伯父たちがあのように無残に殺されなければならなかったのか、真相を突き止めようと思っているのです。劣等感に苛《さいな》まれて気のおかしくなった男一人の仕業だなんて、どうしても信じられません。南庵先生の患者さんたちの中には、御老中《ごろうじゅう》を務められたことのある方々もおられまして、往診の仕事を続けてきて、やっと信任を得た最近、あなたのことを知る手掛かりを掴みました」

「これですね」

桂助は懐からさっき拾った文を取り出して広げた。

成緒は右手を左袖に触れさせたとたん、あっと叫んで顔色を変えた。

「わたしのことで岸田様に会おうとされているのですね」

「ええ、今日の夕方にでも、往診の帰りにお伺いするつもりでした」

「お一人で？」

「ええ、もちろん」

「こんな文が舞い込んできているのですから、それはあまりに無謀です」

「ええ、でも——どうしてもわたしは真相を——」

成緒は不安の混じった強い目を向けてきた。

「佐竹道順先生の娘さんの志保さんは、わたしのところの薬草園を手伝ってくれていました。あなたがここで世話をしているように、心をこめて良質な薬草を育てていたのです。その志保さんは、あの事件でお父様を亡くされた後、わたしの元を去り、ようとして行方が知れません。この事件の真相がわかれば、志保さんが戻ってきてくれるのではないかと、わたしにも思えてきました。わたしも是非《ぜひ》、この事件の真相を突き止めたいのです」

――志保さんがこの成緒さんのように、一人で道順先生の真の仇《かたき》を探そうとしているのだとしたら？　日々の治療に追われていたというのは言い訳にならない、いったいわたしは何をしていたのだ？――

桂助は我と我が身を叱りつけた。

「是非、わたしにこの真相究明を手伝わせてください。お願いです」

「でも――」

「わたしが伯父様の仇に見えますか？」

桂助は突然言い放った。

「それは――」

戸惑った成緒に、

「わたしを信じてください、この通りです」

桂助は深く頭を垂れた。

「わかりました。信じましょう。そうしなければ事態は前に進みそうにありませんから。信じた証に弔《とむら》いを手伝ってください」

成緒は立ち上がり、桂助も後に続いた。

井戸端に伏せてあった大盥を取り除けると、小刀で心の臓を刺し抜かれた三毛猫の死骸があった。

「わたしがここへ越してきてから住み着いた猫です。みなみという名をつけて可愛《かわい》がっていたのですけれど。脅しの文だけでは足りずにこんな可哀想なことまで――許せません」

成緒は腹立たしげに言って、目尻を手の甲で拭《ぬぐ》い、小さな木箱を探してきてその中に死んでいる猫を容れた。

桂助は、猫が好んで上っていたという銀杏《いちょう》の根元に穴を掘った。

「申しわけありません。肝心《かんじん》なことを伺うのを忘れていました――」

猫の棺《ひつぎ》を穴に葬り、土をかけて手を合わせ、葬り終わるのを待って、桂助は源八の話を切りだした。

「あの源八さんが――。もしや、我が身と世の中をはかなんでの自死ですか？」

成緒は源八が妹に死なれて天涯孤独となり、借金取りに追われて、黒砂糖を主とする菓子に溺《おぼ》れていた事実を知っていた。

「歯が何よりの証でしたし、本人からも聞きました。何とか立ち直ってほしかったのですが――」

「自死ではありません」

桂助は源八が薬草園荒らしや附子盗っ人に堕ちた挙げ句、骸が裸で見つけられた話をした。

「思い当たることはありませんか？」

「うちの裏庭にもトリカブトはあります。いつだったか、源八さんの歯抜きの治療に使った時、この附子の元はトリカブトなのだという話をして、裏庭の日陰にあるのを見せてあげたことがありました。うちは盗まれていません」

――たぶん、源八さんは恩のある成緒先生のところのトリカブトには、手を出さなかったのだろう――

そんな純な心を持っていた源八を、追い詰めて悪事に荷担させ、駒のように使い捨てた相手は断じて許せないと、この時、桂助は強く思い、知らずと唇《くちびる》を噛みしめていた。

――佐竹先生や横井先生を惨殺した相手と同じように憎い――

第二話　恋文の樹

一

桂助《けいすけ》が成緒《なるお》を訪れた日、友田《ともだ》が帰ってくる前に金五《きんご》が訪れた。

「旦那ときたら、源八《げんぱち》が勝負したっていう浅草《あさくさ》の賭場《とば》の胴元と、昼間から盛り上がって酒盛りになっちまってる。今日はあっちに泊まりかも——。それで、おいら、桂助先生に報《しら》せに来たんだよ。源八の長屋に押しかけてきてたごろつきは、たしかに賭場が雇ってる奴らだったけど、源八に金を貸してた女に頼まれてやったことだって言うんだ」

「賭場に女の人？」

桂助には意外である。

「男勝《まさ》りで負けん気の強い姉御《あねご》っていうもんなんだよ。その女、源八の負けが込んでた時に札を貸してたって。上背《うわぜい》があって大年増《おおどしま》ながらなかなかの別嬪《べっぴん》だってさ。加代《かよ》って名で、身形《みなり》もよかったし、胴元はすっかり信用してたみたいだ」

「その別嬪のお加代さんは今、どこに？」

「それがね。住んでたはずの田原町《たわら》の仕舞屋《しもたや》まで人をやったけど、もぬけの空だったんだって。あ、それから、お加代と一緒に渡り者らしい壺振りも消えちまったって」

「二人が企んで、源八さんを盗《ぬす》っ人《と》にするために罠《わな》に嵌《は》めたのですね」

桂助はまたしても憤《いきどお》りが込み上げてきた。

「ところで、田辺南庵《たなべなんあん》先生んとこの歯抜き名人の方は？」

金五が訊《き》いてきた。

源八について、成緒の語った言葉を桂助が告げると、

「ええっ？　歯抜きの達人が女？」

今度は金五が驚いた。

「歯抜きは力ではなく、器具の使い方の腕前で上手《うま》い、下手《へた》が決まります。女の人にできぬ技ではありません」

「女が二人――」

壁を見つめていた金五が突然、

「お加代がその女口中医だってことはないかな？　一人で二役をこなしてるんだったら、留守がちだってことも辻褄《つじつま》が合うだろ？　そうだ、そうだ、絶対そうだ」

両手をぱちん、ぱちんと打ち合わせた。

「わたしも成緒さんに会っていなければ、それを疑うところですが――」

「その成緒って女、おばあさんなの？」

「そうではありませんが——」

「綺麗《きれい》な女《ひと》？」

「ええ」

「だったら、やっぱり、怪しい。よし、おいら、明日の朝早く行って確かめてくるよ。その前に近所の評判を集めておくことにする」

張り切って金五は帰っていき、桂助は佐竹道順《さたけどうじゅん》と横井宗甫《よこいそうほ》が殺された事件について、成緒と力を合わせて究明しようと決めたことを伝えそびれた。

——でも、まだ、あの件は伝えない方がいいのかもしれない。南庵先生の口ぶりから察して、これには、後ろに、広く深い闇が控えているような気がする。若い金五さんが突っ走って、取り返しのつかないとばっちりを受けるのは避けたい——

桂助は今のところ、友田にも伏せることにしたが、

——友田様はお酒を飲むと抑えがきかなくなる。口が滑りやすくもなるだろう。だが、それだからこそ、知り合いも多い——

事と次第によっては、打ち明けるつもりである。

この夜、桂助は友田を待って治療処《どころ》で、はこべ塩を拵《こしら》えていた。

明日の夕方、岸田正二郎《きしだしょうじろう》の屋敷を訪ねる旨《むね》を文《ふみ》にしたためて、すでに使いの者に届けさせた。

――岸田様の歯茎も寄る年波には勝てぬだろう。また、大事にしている叔母《おば》様の扶《ふ》季《き》様にもさしあげてほしい――

以前、桂助は岸田に頼まれて、見事な忍冬《にんどう》の垣根が連なる扶季の家へと往診に出向いたことがあった。

――扶季様は気分よく過ごされておられるだろうか？――

この時の扶季の病いは心因性の口内炎であった。

はこべ塩を仕上げて、壺に詰めると急に眠気が来た。うとうとしていて目覚めたのは、四ツ（午後十時頃）を告げる鐘の音と、

「邪魔をするぞ、邪魔をする」

聞き覚えのある大声が響いてきたからであった。

戸を開けると頭巾《ずきん》を被《かぶ》った岸田が立っている。

しばらく見ない間にまた痩《や》せて、骨張ってきた顔つきはますます険しいものになっていた。

「岸田様――」

「通せ」

「はい」

中へ入ると、

「しっかり、猿（戸締まりのための横木）をおろせ」

――しかし、友田様が帰られた時――

桂助は戸惑《とまど》いながら板戸の猿をおろした。

「言っておくが茶など無用だ」

「わかりました」

桂助は岸田と向かい合って座った。

「そちとは温恭院《おんきょういん》（徳川家定《とくがわいえさだ》）様が身罷《みまか》られて以来無沙汰《ぶさた》にしている。わしはもう側用人《そばようにん》などという気の張るお役目ではない。温恭院様の跡は紀州の慶福《よしとみ》様が家茂《いえもち》と名を改めてお継ぎになった。もはやそちも今は前将軍の異母弟にすぎず、次期将軍にと担ぎ出される企みとも無縁だ。互いに平和な日々が続いている。便りのないのは達者な証《あかし》、このまま行けば、めでたくも、死ぬまでそちとは無縁かもしれぬとわしは思っていたぞ。それが突然、明日、会いたいというそちの文が届いた。いったい、このわしに何の用だというのだ？」

岸田は気難しい表情で性急に訊いてきた。

「実は――」

桂助は伯父《おじ》宗甫の死について真相を究明したがっている成緒について話した。

「成緒さんは命拾いしたわたしを黒幕の一味と疑っていたそうです。そして、手掛かりを摑《つか》もうと、身分のある方々の往診を続けているうちに信頼され、あなた様に行き当たったとのことでした」

「とかく、上の方々は口が軽くてかなわぬ。おおかた、成緒とやらはわしが黒幕だと早とちりしたのだろう」

「かもしれません。とにかく、すぐにも会いに行くおつもりのようでした。ところが――」

そこで桂助は、届けられてきた脅しの文と猫の惨殺《ざんさつ》の事実を告げた。

「それは罠だ」

岸田は言い切って、

「成緒とやらに、わしとそちのことを告げた者が仕掛けたのだ。先ほど成緒は歯抜きの達人と聞いた。そこまでの女子《おなご》ならたいそう気も強かろう。それがわかっていて脅して、愛猫を殺したのだ。わしのところへ行くなと脅せば必ず行く、しかも誰にもこのことは明かさないと見て、昼間でも人気《ひとけ》の少ない武家屋敷の中にある、我が屋敷へ向かうところを辻斬《つじぎ》りか、追いはぎに見せかけて亡き者にするつもりだったに違いない。女口中医はそちが訪ねたおかげで命を取られずに済んだのだ」

——何という恐ろしい企みだ——

「ということは、道順、宗甫両先生を殺させた黒幕は、成緒さんが往診している方々の中にいるということですね」

桂助が念を押すと、

「はて、まだその断定はできぬぞ。重職の方々は大店《おおだな》の主《あるじ》のもてなしをこれでもか、これでもかと受けている。酒の席で座興代わりにふと洩《も》らしたのかもしれぬ」

「黒幕は大店の主であるかもしれないと？」

「洩れ聞いたその主が、また同業者の集まりでしたり顔に洩らすこともあろう。同業者は大店ばかりではないはずだ」

——それでは黒幕を探し出すなど、雲を摑むような話だ——

「やっとわかったな」

「岸田様が、成緒さんとともにあの事件の真相を解明しようとしていたわたしを止めに来たのだとわかりました」

「少しでも動けば二人とも命に関わる。決して関わってはならぬ」

岸田は大声を上げて叱責した後、

「どうやら、今のそちには、めんどうなことに首を突っこまぬよう見張りが必要だ。明日から何日間か、明るいうちに我が屋敷に通ってくれ。お役目から離れたので、このところ暇が出来て、納戸《なんど》や蔵の片付けをしている。それを手伝《てつだ》ってほしいのだ。わしもいい年齢《とし》だが妻帯もせず、子どももいない。わしの跡は、遠縁から選んだ岸田家の次の当主が屋敷を取り仕切ることになるが、わしの整理整頓が不十分で呆《あき》れられたり、めんどうをかけたくないのだ」

わりに穏やかな声で命じてきた。

「わかりました」

桂助は応《こた》え、

――岸田様は長い間、御側用人の重責を務められ、政《まつりごと》に付き物の陰謀術策を読むことができる。転ばぬ先の杖ではあるけれども耳を傾ける価値はある。しかし、思い詰めて血気にはやっている様子の成緒さんを、どう説得したものか――

岸田を送り出した後、友田が帰ってこないのは気にかかったが、休むことにした。

しかし、これからどうしたものかと考えると、なかなか寝付けなかった。

そして、

――これしかない――

布団《ふとん》から出て、身支度をすると、夜が白み始めた道を、金五や鋼次《こうじ》が住んでいるけむし長屋へと急いだ。

まだ、鋼次と美鈴《みすず》のところは静まりかえっていたが、幸い金五はもう起きていて、白い狐《きつね》の着ぐるみを纏っていた。

下っ引きだけでは暮らしが立たないので仕方なく、金五はしばしば白狐の飴《あめ》売りとなり、子どもたちに飴を売って糊口《ここう》を凌《しの》いできている。

「どうしたの？　こんな朝早くに？」

金五は目を丸くした。

二

桂助が頼み事を口にすると、

「ええっ？　おいらにあの女口中医の先生を守れって？　どうして？　駄目だよ、おいらはあの女先生を、源八と一緒に賭場にいた黒幕かもしれないって、疑ってるんだから」

金五はむっつりと応えた。

「これから、会いに行くつもりなのでしょう？　もし、仮に成緒さんが黒幕なら、一度ぐらい会っただけでは尻尾は出さないと思います。そばにいれば、いずれ白黒の判断がつくというものです」

何としてでも、桂助は金五に成緒の警護を頼みたかった。他に当てがない。

「なら、引き受けてもいいけど、女先生が黒幕じゃないっていう証がないと――」

金五の言葉に、

――これはもう仕方がないな――

桂助は猫の惨殺や脅迫文等、黙っていようと思っていた一部始終を話して聞かせた。

「それ、道順先生ともう一人の偉い先生が殺されて、桂助先生が危うく難を逃れたあの事件が、まだ終わってないってことだよね」

金五の目がぎらっと光った。

「そうだと思います」

「これ、友田の旦那に話した方がいいのかな？」

「お任せします」

「今は止《よ》しとくよ。旦那ときたら、すっかり、胴元の振るまい酒に溺《おぼ》れちまってたから、きちんと頭が回りそうもないから。ここ一番の時に上手く話すよ」

「よろしくお願いします。あ、それから、このことは鋼さんたちには内緒に。美鈴さんにまで心配をかけたくないのです」

「合点《がてん》承知」

けむし長屋を出た桂助は、〈いしゃ・は・くち〉へ戻る途中、後ろから走ってきた鋼次夫婦に追いつかれた。

「桂さん」

声を掛けられて観念して振り返ると、

「ああ、やっぱり桂さんだ。美鈴が絶対、桂さんの後ろ姿に間違えねえって言うもんだから。でも、どうして、桂さん、こんなところに?」

鋼次と美鈴の幸せそうな笑顔があった。

「昨夜、友田様が帰ってきませんでした。また、お酒を過ごして口中の手入れをなさらなくなりそうなので、意見して差し上げるよう金五さんにお願いに来たんです」

桂助は咄嗟《とっさ》に方便《ほうべん》として、作り言《ごと》を口にした。

――この二人だけは絶対に巻き込みたくない――

「何だ、そうだったのか。相変わらず桂さんは口中医の鑑《かがみ》だな」

「ね、あたしが言った通りだったでしょ？」

夫婦は顔を見合わせてふふっと楽しげにまた笑った。

「今日の朝餉《あさげ》の汁の中身が気になりますね」

桂助も釣られて微笑《ほほえ》んだ。

「今日はわかめと唐芋《からいも》の味噌汁にするつもりだよ。そいつはさ、美鈴の好物なんだ。俺はちょっとって思ってたけど、どうしてもってんで作ってみたら、案外イケてさ。仕上げに白髪《しらが》ねぎと粉山椒《こさんしょう》を、ぱらっと掛けるのがミソなんだよ」

「ったく、鋼さんって食わず嫌いが多いんだから」

〈いしゃ・は・くち〉に着くまで、二人は屈託《くったく》なく惚気《のろけ》合った。

朝餉を終えると桂助は筆を手にした。

「鋼さん、戸口にこの貼り紙をお願いします」


勝手ながら、私用により、本日からしばらくの間、治療は昼九ツ（正午頃）より暮六ツ（午後六時頃）とさせていただきます。

夜間の急を要する治療については従来通り行います。

藤屋桂助

皆様

「鋼さんたちは今まで通りでかまいません。それから朝餉も何とかしますから、心配しないでください」

桂助はさらりと伝えたつもりだったが、鋼次はむすっとして両腕を組み、

「そいつはちょいと水くせえじゃねえか」

「どうしよう？　あたし、ここでしか朝餉は食べられない」

美鈴は訴えるように言った。

「俺たちは、いままで通りここへ来る。だから、朝餉はここで食えばいいさ」

鋼次が言い切ると、美鈴はほっと安堵《あんど》して胸を撫《な》で下ろした。

「それよか、桂さん、私用って何だよ？」

鋼次の追及は続く。

「往診でしょ、きっと身分のある方にどうしてもって頼まれたのよね」

美鈴は代わりに応えてくれた。

――なるほど、あながち見当違いというわけではない――

桂助が頷《うなず》きかけると、

「いいから、おまえは黙ってろ」

鋼次が珍しく美鈴を叱りつけた。

「実はある方から、亡くなられたお父《とう》様の形見の整理を頼まれました」

「そんなの、何も桂さんでなくたってできるだろ」

「ええ、まあ、そうなのですが、ご指名なので」

――こういう時、鋼さんの直感は侮《あなど》れない――

「まさか、あの岸田じゃねえだろうな」

岸田正二郎は鋼次の宿敵であった。

「久々のご指名です」

桂助は仕方なく頷いた。

「あのいつも偉そうな態度が気に入らねえ。御側用人なんて、所詮《しょせん》、公方《くぼう》様のご機嫌取ってただけなのによ。何で桂さんにまであれこれ命令してたのかね。先の公方様がお亡くなりになって、お役御免になったせいか、このところ出てこなくて、せいせいしてたっていうのに、ったく、むかつくぜ。今更、いってえ何の用なんだ？」

「ですから、お父様の遺《のこ》されたものを片付けるお手伝いです」

「ほんとかね？」

鋼次はまだ疑心暗鬼である。

「大丈夫ですよ。岸田様はもう御側用人ではありませんから。今まで忙しくて、つい捨て置いてしまっていた納戸や蔵、書庫の整理をして、目録を次代に書き残し、岸田家当主としてのお役目を全《まっと》うされたいのでしょう。わたしは長いつきあいのあった岸田様のお役に立ちたいと思います」

「ったく、桂さんはお人好しなんだから」

鋼次がちっと舌打ちすると、

「それだからこそ桂助さんじゃないの」

やんわりと美鈴に窘《たしな》められた。

二人に留守を頼んで、桂助は上野《うえの》の岸田の屋敷に向かった。

門番は心得ていて、すぐに中へと招き入れ、

「茶室でお待ちになっているとのことです」

桂助は庭の奥手にある茶室へと向かった。

――茶室で整理？――

以前、岸田と会う時は重要な事柄や事件に関わってのことだったので、秘密が保たれる茶室がよく選ばれた。

――まあ、それさえもなつかしく思われているのかもしれない。まずは一服というところなのだろう――

桂助は、まだ呼ばれた理由は諸々の整理だと思っていた。

床の間には椿《つばき》の詫助《わびすけ》が一輪挿されていた。

岸田は茶羽織こそ着ているが一部の隙もない様子で、全身の緊張が茶室の空気をぴんと張り詰めさせている。

――これも変わらないが――

ここでやっと桂助は、整理などと言ったのは岸田の方便ではないかと疑い始めた。

――しかし、わたしが将軍家の世継ぎと関わりがなくなった以上、これほど岸田様を研ぎ澄ませているものは何なのか？――

皆目《かいもく》見当はつかなかった。

「抹茶《まっちゃ》は目も頭もよう冴える。まずは一服」

岸田は桂助にカステーラを勧め、鮮やかな点前《てまえ》で濃茶《こいちゃ》を淹《い》れてくれた。

「このカステーラは薄切りにした間に羊羹《ようかん》が入っていますね。初めて食べました。大変美味《おい》しいです」

「わしが作った。カステーラを焼く石窯《いしがま》が蔵の奥にあった。日記を読んでいて我が父上がカステーラ作りのために、長崎から石窯を取り寄せていたことがわかった。羊羹を挟んでみたのはわしの思いつきだ。お役目を離れて、好きなように時を使うことのできる自由を満喫した。なかなか楽しかった」

一瞬だったが岸田の目が和《なご》んで、

「帰る時に、そちにこの特製のカステーラを持たせる。房楊枝《ふさようじ》職人をしている弟によろしく言ってくれ」

と続けた。

桂助が鋼次が所帯を持ったことを告げると、

「それはよかった。何よりだ。祝いの言葉を、わしのカステーラに添えてほしい」

笑みさえ浮かべたが、

「何をお手伝いすればよろしいのでしょうか？」

桂助が切りだすと、

「そうであったな」

岸田は元の緊張した面持《おもも》ちに戻った。

——昨日、突然おみえになった時は気がつかなかったが、やはり、岸田様も少々はお変わりになった。何やら思い詰めてはおいでだが、以前のような人を寄せ付けない酷薄《こくはく》さ、冷ややかさは感じられない——

三

「これを読んでくれ」

岸田は亡父の書き遺したものと思われる日記の綴《と》じ目をぐっと開いて、桂助に手渡した。

そこにはやや古びて薄くなった墨跡で、以下のようにあった。


本日未明、裏門前にて、妻と乳母《めのと》の他には家人の誰にも悟られぬよう、男児《おのこ》の赤子を迎える。

この後、妻と乳母は赤子と一緒に高輪《たかなわ》にある別邸まで赴《おもむ》き、三日ほど過ごす手はずになっている。

そして、妻は懐妊中の体調が優れず、実家《さと》に戻っていたところ、俄《にわか》に産気づいて嫡男《ちゃくなん》を産み落とした慶事となる。

なにゆえにこのような事実を書き残すかといえば、この経緯《いきさつ》こそ、子無き夫婦《めおと》であった我らが、どれだけ真剣、親身に、養子の我が息子の行く末を思ったかの証だからである。

子に恵まれなかった妻は、自分が生きている間は、何が何でも貰《もら》い受ける息子に実母だと思わせたいと聞かず、懐妊を装い、真綿《まわた》を腹部に纏《まと》い夏場を通し、汗疹《あせも》に苦しむ始末であった。

貰い子が実子でないというだけのことで、その子が我らに距離を置き、恩や義理を感じ、遠慮深く育つことを我らは望んでいない。

真の情愛をかけ合う親子でありたいと妻は言い、わたしも同じであった。

義之助《よしのすけ》と名付けた。

元服後には、関《せき》ヶ原《はら》で武勲《ぶくん》を立てた、栄《は》えある先祖の名にちなみ、正二郎とし よう。


「岸田様、これは――」

ここまで読んだ桂助は仰天《ぎょうてん》した。

「そうなのだ」

岸田は苦く笑った。

「岸田様までわたしに似たお育ちとは驚きました。わたしが貰われた藤屋《ふじや》の養親も愛情深い人たちでしたが、岸田様の御養親様たちも勝るとも劣りません。もしや、岸田様はご自身の生まれに気づいていて、わたしを藤屋の養子になさったのですか？」

桂助は訊かずにはいられなかった。

「まさか。そちを藤屋へやる時は急を要していた。藤屋の主夫婦は高潔な人柄ゆえ、たとえそちの素性が知れても、決して商《あきな》いには利用しないとわかっていた。そのうえ、あれほどの大店なら、この先、どんなことがあっても、屋台骨は揺るがず、上《うえ》様の落とし胤《だね》であるそちが生涯安泰だと思って選んだだけのことだ。まさか、このわし自身まで貰い子だったとは思ってもみなかった」

「いつ、おわかりになったのです？」

「つい最近のことだ」

「それまで全く気づかれなかったのですか？」

「母上、いや、今となっては養母《はは》上だが、五歳の時に流行病《はやりやまい》で亡くなった。顔もぼんやりとしか覚えていない。側用人にまで昇り詰めた養父上《ちち》はお役目で忙しく、後は昨年死んだ家老格の用人を務めていた爺《じい》が育ててくれたのだが、これが大変厳しかった。文武両道こそ武士の道だという信念の持ち主だったのだ。早くに逝った養母上を恋しく思い、時になぜ鬼のような爺を残して、死んでしまったかと恨みもした。泣きたくなった時もあったが、長じてふと気がついてみたら、その爺そっくりになっていた。爺が独《ひと》り身だったように、わしも独り身を通していた。今では顔もよく覚えていない養母よりも、鬼の爺の方がよほどなつかしい。地獄で会えるなら、地獄の住み心地も悪くはあるまい」

「実の親御様が誰なのか知りたい、会いたいとは思われませんか？」

「養母上にさえ、たいした想いを持ち合わせておらぬのだぞ。そちと違い、わしはもうこの年齢だ。実の両親など探してみる気など毛頭《もうとう》なかったのだが——」

岸田は桂助の手から養父の日記をすっと取り上げると、ぱらぱらとめくって異なる箇所を開いてまた手渡した。

そこには驚くべき事実が記されていた。

牧瀬《まきせ》家が廃絶になったと耳にした。

ああ、これで義之助の家は我が岸田家しかなくなってしまったのかと思うと、感無量である。

しかし、どうして牧瀬基良《もとなが》が神隠しに遭《あ》って三年後、突然、お家が廃絶になるのか？

牧瀬家では遠縁の者に家を継がせようと、何度もお上《かみ》に願い出ていたはずである。

もしや、わたしたちが秘密裏に牧瀬基良の子を我が子としていることに、気づいている者でもいるのだろうか？

世の中は不穏である。

「どうやら、わたしの実の父は牧瀬基良という者らしい」

「牧瀬家とはどういうお家なのでしょうか？」

「元は微禄《びろく》の武家だったが、基良は医者ゆえ、二百俵程度の軽禄だ。五千石のこの岸田家とは比べものにならない。岸田の家に貰われていなかったら、側用人に出世できず、わしも医者になって、そちのように薬籠《やくろう》を担いでいたかもしれぬな。始終、政に関わって隠謀術策の渦中にいるのと、はて、どちらがよかったか？　医者ならば、目の前の病んでいる者たちの助けになれた——」

岸田は満更《まんざら》でもない微笑みを浮かべた。

「廃絶されたとはいえ、牧瀬家の墓所は今もおありでしょう？　墓参のお気持ちがおありならお供いたします」

——ああ、でも、お気持ちがあればとっくに墓参なさっているはずだ——

桂助は失言を恥じた。

「牧瀬家の墓所は、なぜか岸田家が供養《くよう》してきている。わしも何度か形だけは手を合わせてきた。それが岸田の家を継ぐ者の務めだと思ってきただけのことだ。住職の話では墓の中は空だそうだ。牧瀬家の廃絶が決まってすぐ、墓の中の骨はすべて掘り出され、罪人や行き倒れ、身寄りのない者たちと一緒に別のところに眠っているのだと聞いた」

「それはあまりにも酷《むご》い沙汰《さた》です」

「わしも当初はそう思った。だが、一つ不思議な事実に行き当たった。何と牧瀬の屋敷は当時のまま、手つかずで残されているのだ。すでに五十年近い」

「どなたも住まれずにですか？」

禄を食《は》む者たちに所有する家屋敷はなく、たとえどんな立派な構えに住んでいても、お上から無料《ただ》で借り受けているにすぎない。

「そこを見てきた。家は朽ち果ててぼろぼろ、まるで幽霊屋敷のようであった。冬場は枯れていた背の高い雑草が勢いを取り戻していて、一見は、何が潜《ひそ》んでいるかわからない不気味な草地にしか見えなかった」

「岸田様は外からご覧になっただけですね？」

「今年は陽気がいいせいか、既にヤブ蚊《か》が飛んでいた。中へはとても入ってみる気がしなかった」

「わたしにそこを見せていただけませんか？」

「幽霊屋敷に何かあるというのか？」

「岸田様がおっしゃるように、五十年近く、誰にも住ませず、放り出しておくのはおかしなことです。もしかしたら――」

この時、桂助の頭に閃《ひらめ》いたのはトリカブトであった。

――牧瀬基良は医者だった。今は雑草が生い茂っているというが、元は薬草も植えられていたはず。トリカブトだってあったに違いない。誰かが思いついて、誰にも知られず、長きにわたってトリカブトを育て続けるために、牧瀬の屋敷は遺されてきたのでは？　それと、最近になって立て続いたトリカブトや附子《ぶし》盗っ人は、どこかでつながっている？　いや、つながるには、あまりに年月が離れすぎているか？――

混沌とした心持ちで桂助は、岸田とともに牧瀬家のある武家屋敷の一角へと向かった。

「このあたりは寺が多いですね」

市中を通りすぎると、人通りはまばらで行き交う相手もほとんどいなくなった。

「といっても、牧瀬の幽霊屋敷よりは新しい寺もある。十年前は武家屋敷だった場所が寺に変わっていたりして驚いた。調べてみるといろいろわかる」

二人は牧瀬家の、以前は太い柱が埋め込まれていた証に穴だけ残っている、門の前に立った。

たしかに岸田が言うように、家屋は破れた屋根しか見えず、雑草に被われている幽霊屋敷であった。

何と両隣も同様の廃屋《はいおく》である。

「何でも、一昨年、目端《めはし》のきいた板元《はんもと》が江戸幽霊名所案内にここを載せようとして、お上からきつく叱られたと聞いている。その板元は半年間、押し込め、商いを差し止めになったそうだ。幽霊名所ごときのことでおかしなことだ」

岸田はくわしかった。

「中へ入りましょう」

「しかし――」

飛んでいるヤブ蚊に眉《まゆ》をひそめる岸田を、

「ヤブ蚊は湿ったところが好きで、表の庭にはたぶん池や手水鉢《ちょうずばち》があるのだと思います。裏へ回ってみましょう。」

桂助は説得して裏手へと回った。

裏門もすでに朽ち果てている。

ぶんぶんと唸《うな》る音は蠅《はえ》の羽音《はおと》で、近くで鼠《ねずみ》が一匹死んでいた。

「実はわしは虫が嫌いで怖い。この見苦しい癖ばかりは爺に叱られても治らなかった」

「蠅は生きている人にはつきまとわないので、大丈夫です」

たじろぐ岸田を桂助は励まして、牧瀬邸へと踏み込んだ。

四

――まさかとは思うが、源八を操っていた黒幕がここまでも知っていたとしたら

――湿った土と日陰を好むトリカブトの特徴的な姿は見当たらず、桂助はほっと安堵した。

――操っていたのは源八の他にもいて、根こそぎ掘り取ったということも考えられる――

念のため、土の上に目を凝らし続けたが、下駄《げた》や草履《ぞうり》の跡はもとより、近くの雑草を踏みつけた様子も無かった。

しかし、たいていの医家なら薬用のトリカブトを植えているはずでもある。

――トリカブトとて、五十年近くの歳月には耐えかねて枯死《こし》することもあるだろう――

桂助は自分にそう言い聞かせた。

勝手口から入って、治療処《どころ》、薬を保管しておく薬処、主の医者や弟子たちが起居していた二間の奥座敷を巡った。

医家らしい簡素な造りであった。

長きにわたる雨漏りのせいで、奥座敷の畳だけではなく、治療処や薬処の板敷きまで腐りかけていて、危うく踏み抜きそうになる。

がらんとしていて、治療処には診療器具が一つも見当たらず、薬処にも薬を容れるギヤマンの瓶は並んでいない。

餌をもとめて迷い込んだ鼠が力尽きて、そこかしこに命を落とした痕《あと》はあった。ただし、残っているのは骨だけである。

「いつ取り壊してもいい状態なのに、どうして五十年近くもこのままなのでしょうね」

桂助の呟《つぶや》きに、

「このような処置は未だかつて聞かぬ話だ。実父の牧瀬基良は、失踪前によほどの不始末を犯していたのやもしれぬが、ならば、屋敷ごと跡形もなく処分するのが常であろう」

岸田は顎《あご》に手をやった。

二人は表の庭に回った。

桂助が思った通り、大きな盥《たらい》を二つ合わせたほどの小さな池があり、苔《こけ》むした手水鉢も見える。

ヤブ蚊は、まるで闘いを挑んでもいるかのように、ぶーんという羽音を響かせながら上下に移動している。

「あれを見ると寒気がする。鼠の死骸の方がよほどましだ」

岸田は頭を振って、襲いかかってくる蚊を撃退している。

桂助は庭を見回していた。

ほとんどの薬草が雑草に淘汰《とうた》されている中で、葉脈が赤いギシギシが巨大に育っている。草丈など桂助の胸のあたりまであり、葉は人の手よりも大きい。

――変わらないどころか、このように茂って広がるものもあるのだな――

「何を見惚《みと》れているのだ？」

岸田に訊かれた。

「残っていた薬草です」

桂助はギシギシを指さして、

「これの生の根をすりおろして絞った汁を皮膚病などの外用薬に用います。若い葉は湯がいて酢味噌和《あ》え、ごま酢和え、油炒めにもできます。食しては強壮作用があるのです」

「ここまで葉が分厚くなると、食しても、固くてアクばかり強いだけだろう。牧瀬基良が育てていた頃は、もっと小さな姿であったのだろう？」

「他の薬草を守るためにも、始終葉を摘《つ》み取って食し、大きくなるのを阻止していたはずです」

——岸田様は、これを植えて世話をしていた御実父様のことを想っておられるのだ——

桂助はギシギシの根元に屈《かが》み込んだ。

「昔の面影《おもかげ》がありました」

しばらくして立ち上がった桂助は、ギシギシの葉を両手に抱えていた。

「このギシギシは毎年花を咲かせていて、去年こぼれ落ちた実が、今年新芽を吹いたのです。これなら美味しく食することができます。お持ちになってください」

桂助はギシギシの若菜を手巾《てぬぐい》でくるむと、岸田に手渡した。

「ふむ」

岸田は礼を言う代わりにため息をついた。

「それと、あれも樹齢は五十年を越しているでしょう」

さらに桂助は蔦《つた》の絡《から》みついている柘植《つげ》の樹を指さした。

「あれが櫛《くし》、算盤《そろばん》、将棋の駒などに使う柘植か？」

岸田は空高く伸びているとはいえ、分かれている枝が細く華奢《きゃしゃ》な柘植の樹を見据えて、

「医者が植えたからには薬効はあるのだろうな？」

桂助に念を押した。

「柘植の薬効は聞いていません。ところで、あの逞《たくま》しい枝ぶりは御蔵《みくら》島の柘植のように思われます。御蔵島の柘植は入れ歯を作るのに最適なのです」

柘植はさまざまな土地で生育しているが、伊豆《いず》諸島の御蔵島の柘植は歯茎や顎によく馴染《なじ》み、口の中での違和感がない。入れ歯の素材にはこれが最高品質とされていた。

「我が実父《ちち》、牧瀬基良は入れ歯師ではないぞ」

「お仕事のために植えられたのではないかもしれません」

「だとすると、いったい何のためだというのだ？　実父上は何が理由でいなくなったのだ？」

岸田は鼻白《はなじろ》んだ。

「叔母様の扶季様は御存じないでしょうか？」

「養父母上しか知らぬことを、叔母上が知っているとは到底考えられない」

「叔母様は岸田様の御養父様の妹様でいらっしゃいます。五十年前はまだ柚木《ゆぎ》家に嫁していらっしゃらなかったかもしれません。若い女人は鋭い感性をお持ちの方が多い。そのうえ、あの扶季様はたいそう賢く、気性もしっかりなさっておいでです。何かしら、気づいておられるか、打ち明けられて、ご存じなのではないかとわたしは思います」

桂助が言い切ると、

「叔母上しか手掛かりがないとあっては仕方がない。そちの言う通りにしよう」

珍しく岸田は折れて、二人は扶季の住む忍冬屋敷へと急いだ。

門の前で訪《おとな》いを告げたが応えはなかった。

「叔父上《おじ》が亡くなり、長年柚木家に仕えてきた用人の赤場丈衛門《あかばじょうえもん》も急な流行病で死んでからというもの、叔母上は一人で切り盛りなさっている。気になって、近頃は碁の相手に月に二、三度は訪れるようにしている。叔母上はああ見えてなかなか勝負事が好きで強いのだ。ただし、耳が遠くなってきているので、一度では聞こえぬことも多い」

「叔母上、正二郎がまいりました。岸田正二郎でございます」

岸田は何度も繰り返したが、扶季は姿を現さなかった。

「風邪《かぜ》でも引かれて臥《ふ》せっておられるのかもしれません」

「なるほど。ならば心配だ」

岸田は潜り戸を開けて玄関まで歩き、中へと入った。桂助も続いた。

「叔母上、失礼申し上げます」

長い廊下を渡り、岸田は扶季の部屋の障子《しょうじ》を開けた。

布団が畳まれていない。

「叔母上は几帳面《きちょうめん》を絵に描いたようなお人だ」

岸田の顔に不安がよぎった。

「お探ししましょう」

二人は二手に分かれて扶季を探した。

「叔母上、叔母上」

岸田の声が遠のいていって、桂助は客間の襖《ふすま》を開けた。

まずは畳の血溜まりが見えた。

袈裟《けさ》懸《が》けに斬られた扶季が、縁先へと身体《からだ》を向けて倒れていた。

──斬られた後、しばらく息があったのだ──

桂助はあまりの衝撃で空になりかけている自分の頭に鞭《むち》打った。

──しっかりしなければ──

片袖に重なっている扶季の片手が目に入った。その手は袖を隠しているようにも見える。

桂助はそっとその手を除《の》けた。

落ち着いた抹茶色の着物の袖には、以下のような血文字が読み取れた。

こいふみのき

桂助は岸田を呼ぶために扶季の亡骸《なきがら》から離れた。

叔母の骸《むくろ》を目の当たりにした岸田は、一瞬、茫然自失《ぼうぜんじしつ》となったが、すぐに、我を取り戻した。

「しばし、そこで待て」

扶季の部屋に籠《こ》もって、柚木信吾《しんご》宛の書簡をしたためると、見知っている近所の家の者に頼んで、届けさせる段取りをつけた。

柚木信吾は若くして相次いで亡くなった、嫡男夫婦の忘れ形見であった。

「すでに家督《かとく》は幼いながらも信吾が継いでいるのだが、兵学が好きで高名な師の元で修業中の身だ。叔母上は当人の生き方に筋が通っている限り、あれこれと苦情は言わぬお人だった。ともあれ、これはひとまず片付いた。ほどなく、信吾が柚木の女隠居は卒中《そっちゅう》で逝ったと届け出るだろう。武家の女子たるもの、たとえ年老いていても、斬られて死に恥を晒《さら》したと世間に知れては、叔母上も浮かばれぬゆえな。これで心置きなく成仏《じょうぶつ》してもらえよう」

岸田がほっと安堵の息をついたところで、

「叔母様の想いはそれだけではなかったと思います」

桂助は扶季の袂《たもと》の下の血文字を指さした。

五

〝こいふみのき〟とある。

「これに漢字をあてれば、〝濃い史《ふみ》の気〟、なるほど、長い歴史を生きてきた先祖への敬いの現れだ。夫亡き後、寡婦《かふ》となって、関ヶ原から続く由緒正しき武門の柚木家を守り通した叔母上らしき、辞世の言葉よな」

感じ入っている岸田に、

「〝ふ〟に濁点を打つ力まではなかったのでは？　〝ふ〟に濁点があったとすると、恋文の樹ということも考えられます」

桂助は障子を開け、縁先に植えられている枝分かれの多い樹を見つめた。

「恋文の樹？　叔母上には不似合いだ」

岸田は露骨に嫌な顔をした。

「しかし、扶季様は傷つけられた瀕死の身で、あの樹に向かって身体を寄せておられます」

桂助は扶季と庭の樹の位置関係を岸田に示した。

渋々、桂助に従って確かめた岸田は、

「何と、あの樹も枝分かれの多い御蔵島の柘植のようではないか？」

「ええ、そうです。ただし、牧瀬家にあったものほど背が高くありません。樹齢二十年ほどでしょう」

「そちは叔母上は、あの樹に想いを遺したというのだな」

「はい、襲われて命が尽きようとした間際《まぎわ》に、そのように判断されたのだと思います」

「樹の下を掘ってみるか」

「そういたしましょう」

二人は庭へ下りると納屋から鍬《くわ》を持ち出し、向かい合って柘植の樹の根元を掘った。

しばらくして、桂助の使っていた鍬が固いものにぶつかった。

「すみません、岸田様、こちらをお手伝いください」

鍬を置いた二人は、両手で土を必死に掻《か》き分けた。

錆《さ》び付いた鉄の函《はこ》が見えた。

「わしが出す」

穴に向かって前屈みになって両手を伸ばす岸田の身体を、落下しないよう後ろから桂助が抱き止める。

岸田が取り出した鉄の函は文箱《ふばこ》ほどの大きさである。

蓋《ふた》を開けるとぷんと土と黴《かび》の匂いがした。

入っているのは文の束である。

「ひょっとして、恋文か」

岸田は呟き、

「不慮に死した後、信吾によって、大幅に庭の手入れが行われ、はしたなき恋文などが現れて読まれては、不名誉このうえないと叔母上は思われたのだろう。この恋文、せめて、叔父上の御存命中のものでなければよいが——。はて、これらを読んでいいものやら——」

顔を顰《しか》めた。

「そうは思えません」

桂助は反論した。

「恋文ではないとでも？」

「恋文であるのは間違いありません。けれども、扶季様は最初に自分の亡骸を見つける者が、信吾様だと予想がついていたはずです。なぜなら、武家屋敷の変事に奉行所は不介入の決まりですし、通いの使用人の一人が見つけても、報せる相手は信吾様をおいて他にありません。扶季様は恋文を始末させるために、最後の力を振り絞ったのではない気がします」

「それではなにゆえに？」

「御自分の変わり果てた姿を見つける可能性がある人物は、信吾様の他にもう一人おいでです。近頃は気にかけて、たびたび訪れてくれる御仁《ごじん》――」

「このわしに？」

岸田は啞然《あぜん》とした面持ちになった。

「扶季様は今際《いまわ》の際に賭けをなさったのです。あなた様が見つけてくだされば、必ず、なにゆえに自分が殺されなければならなかったのか、謎を解いて仇《かたき》を取ってくれるだろうと。その手掛かりがきっと、〝恋文の樹〟にあるのです」

「文を読まねばならぬ」

唇を真一文字に引き結んだ岸田は、鉄函の中の文を掻き抱くようにして読み始めた。

読み終えた文は桂助に渡される。

文に差出人の名は無かったが、男の骨太で凜々《りり》しい筆であることはわかる。

七通の短い文だった。

わたしは庭の紫陽花《あじさい》、七色花を眺めています。あなたは紫陽花のような女です。あなたの七色とは何なのか、思いつくままに、、生まれついての高貴さ、美しさ、頭脳の明晰さ、気性の明るさ、お転婆《てんば》なほどの元気さ、愛情深い心と忍耐力――。すべてが大好きですが、中でも愛《いと》おしくてならないのは、あなたの愛情深い、優しい心根です。

わたしは今、あなたも同じ想いでいてくれたことを深く感謝しています。

わたしもあなたに近づかなくてはならないと思うようになりました。

あなたに近づける道が開けそうです。

何という命の奇跡でしょうか。

もうすぐわたしはお役目を果たさなければなりません。わたしたちの命のために。

縁起を担いで、入れ歯にする御蔵島の柘植を植えました。共白髪《ともしらが》ならぬ共入れ歯のために。

わたしがもしもの時のために、あなたの文を文箱を模して作らせた鉄函に入れて、柘植の樹の根元に埋めました。あなたはどうか、わたしの文を焼き捨ててください。柘植が枯れずに育ってわたしたちの命を守り通すことを祈ります。

「どうやら、相手は岸田の家より格下であったようだ。相手は何とか出世して、叔母上にふさわしい男になろうとしていた。まだ若かった叔母上の若気の至りであろう」

「若い時分の叔母様は？」

「あまり覚えていない」

「あなた様を厳しく躾《しつ》けられたという用人の方は何と?」

「時折、用を言いつかって訪ねると、叔母上に必ずと言っていいほど叱られた。それも些細《ささい》なことでだ。腹が立ったが、その一方で親しみも感じた。帰って、爺に話すと、〝身内とはいえ、実家の総領のことを〟と爺は、にべもなかった。わしが何かと叔母上を案じるようになったのは、爺が亡くなってからのことだ」

「扶季様に、嫁いだ理由《わけ》を訊かれたことは?」

「ある。〝何の、両親《ふたおや》の言うままに従うのが武門の女の務めですよ、理由などありはしません〟とだけ言った。その顔は笑っていて、叔母上は叔父上と添い遂げたことを後悔してなどいないのだとわかった。そんな叔母上にこのような相手がいたとは――。嫁いでも焼くことができなかったとは――」

岸田は複雑な表情になった。

「岸田様の御実母様は、扶季様なのでは? この文にある扶季様からの文を封じた鉄函は、もしかしたら牧瀬家の柘植の樹の下に眠っているのかもしれません。そちらも掘り出してみれば、この文とつながって、扶季様を殺《あや》めた相手を探す手掛かりになるのではないかと思います」

桂助は空を見上げた。

そろそろ陽射《ひざ》しが午後のものになろうとしている。

――そろそろ患者さんのために戻らなくては――

「明日、また、今日のようにそちらへまいります」

「いや、わしは早朝、日の出とともに牧瀬家へ向かう」

「それではわたしもそのように」

「忘れていた。田辺南庵のところに住んでいる、成緒なる女口中医には見張りをつけたゆえ、案じるな」

別れ際に岸田は思い出したように言った。

「感謝いたします」

「わしは信吾を待つゆえ、先に行け」

「はい」

桂助は深く頭を垂れて柚木家を辞した。

〈いしゃ・は・くち〉へと帰り着くと、金五が一足先に来ていて、

「薬草園荒らしと附子盗っ人は源八と決まったから、もう、ここは大丈夫。泊まりの見張りは止めたって、友田の旦那が桂助先生に伝えてくれって」

まず告げた。

――いつもの暮らしに戻って、口中の手入れを怠らないといいのだが――

案じる桂助に対して、

「よかったね、桂さん。あんなとんでもなく図々しい奴《やつ》に泊まりこまれてちゃ、桂さんも大変だったろ」

傍《そば》で鋼次がほっと息をついた。

「図々しいっていえばさ――」

鋼次の言葉を金五がなぞって、

「女先生のところに詰めてる、定中役《じょうなかやく》の小野《おの》一平《いっぺい》っていう同心、もう、図々しいが団子になったような奴なんだよ」

一気に憤懣《ふんまん》をぶちまけ始めた。

金五によれば、定中役とは奉行所内での出世とは無縁の閑職ながら、小野一平は剣術に秀でていて、田辺南庵の跡を継いでいる成緒の警護を命じられてやってきたのだということ。

――岸田様のおかげだ――

「それはよかったではありませんか。実は金五さんに無理なお願いをしてしまったと悔いていたところでした。お世話をおかけしました」

　桂助が目礼すると、

「その小野一平様がさ、買い出しとか、料理とか何でもやろうとするんだよ。女先生が別嬪だからだよ、絶対。あ、でも、女先生は有り難迷惑に決まってる。おいらの方はさ、薬草園の目録作りを手伝うことにしたんだ。先の先生が死んじゃってずいぶん経《た》つんで、薬草園の中の種類もいろいろ変わってるから、薬草を画《え》に描き分けてほしいって言うんだよ、女先生は。おいらはさ、一度見たもんは絶対忘れないから、葉や茎、花なんかの違いを描き分ける草木の画は得意なんだ。定中役なんかに負けないよ」

　金五は言い切った。

　――おいおい、これって？　金五も、もうそんな年齢か――

　――どうやら、そのようです――

　鋼次と桂助は、思わず顔を見合わせて微笑み合った。

六

翌朝、桂助は鋼次たちが訪れる前に、〈いしゃ・は・くち〉を後にして牧瀬家へと向かった。

——扶季様惨殺の背後には何が隠されているかわからない。鋼さんや美鈴さんを巻き込みたくない——

桂助は鋼次に宛てて文を残した。

急な患者さんの往診に行ってきます。

岸田は二人分の鍬を手にして、牧瀬家の裏門で待っていた。

「遅いぞ」

気が急《せ》いてならない様子であった。

中へと入った二人は、鍬をふるって樹齢五十年ほどの柘植の根元を掘った。

柚木家の時と同じくらいの深さほどは掘り進んだが、まだ鉄の函は出てこない。

「柚木家の柘植は牧瀬家のものよりずいぶん若かった。夫を黄泉《よみ》へと旅立たせてから柘植を植えて、文を埋めた扶季様よりも、何らかの理由で身の危険を感じていたお相手の方が、より用心されたのではないかと思います」

「それゆえもっと深く埋めたと？」

「ええ」

二人がさらに掘り進んでいくと、やっと、扶季が誂《あつら》えさせたであろう鉄函に似たものの蓋に、鍬の刃先がカチンと音を立てて触れた。

柚木家の時同様、桂助が後ろから支えて、身を乗り出した岸田が摑み出した。

扶季の恋文は相手からのものよりはやや長く、相手と自分の名が書かれていた。

　牧瀬基良様

　あなたからの文、うれしく、天にも昇る心持ちでした。子どもの頃から、兄の友達で、遊びに来ても物静かなあなたがずっと気にかかっていました。よくないことですが、あなたが治療においでになるのが待たれて、父の持病の発作が待たれることまでございました。命を賭けてお慕いしております。

扶季

父や兄たちが許さずともわたしはあなたへの想いを貫くつもりでおります。すべてはあの一時《いっとき》から——。勘当されて家を出る覚悟でもおります。

扶季

基良様

あなたのお噂《うわさ》を兄から聞きました。何やら、新しいお役目が設けられて、抜擢《ばってき》され、お偉くなられるのですね。ずっと申しておりますように、わたしがあなたに近づいてもよろしいのです。どうか、ご無理はなさらないでください。

扶季

基良様

わたしとあなたはもう別々に生きてはおりません。かけがえのない愛の証がわたしの体内で芽生えはじめております。それがまたうれしくて、何を見ても聞いても感動でついつい涙が溢れ出してしまうのです。

扶季

基良様

ずっと申し上げてまいりました、どうか、どうか、ご無理はなさらないでください。このところ、当家にお見えにならないことまで気にかかってきました。ここへ来て新しい命は動くようになりました。あなたの手で触れてほしいのかもしれません。

扶季

基良様

あなたのことを兄に訊いてみましたが、何も応えてはくれませんでした。言いしれぬ不安に苛《さいな》まれる日々です。今のわたしには共白髪も共入れ歯も不吉な言葉です。どうか、あなたの身に何事も起きませんように。

扶季

基良様

「叔母上は当然、相手からの最後の文にも返しをしたのではなかろうか？　おそらく、相手は誰にも二人の仲を悟られないために、それを読んだ後、泣く想いで焼き捨てたのだろうが、いったい、叔母上はどのような言葉を書き連ねたのだろうか？」

岸田は牧瀬基良が寄越してきた覚悟の文を懐から出して、じっと見入った。


わたしがもしもの時のために、あなたの文を文箱を模して作らせた鉄函に入れて、柘植の樹の根元に埋めました。あなたはどうか、わたしの文を焼き捨ててください。柘植が枯れずに育ってわたしたちの命を守り通すことを祈ります。


「賢明でお強い扶季様の気性から察して、すでに今までの御自分の文が、鉄函に封じられて埋めてしまうほどの切迫した事態だと悟り、返事は出さなかったような気がします。ただし、自分も同じように、お相手との思い出を遺そう、柘植の樹に託して、かけがえのない命の成長を見守ろうと、深く決意なさったのではないでしょうか？」

「その命というのが、このわしだというのだな」

岸田は淡々とした口調で念を押した。

「御養父様の日記と照らし合わせると、たしかにそうなります」

桂助はさらりと応えた。

「叔母上は兄の友達で身分違いの医家の男と恋に落ち、わしという男児を身籠《みご》もり、この世に産み落とした。わしの養父母であった兄夫婦には子どもができず、細心の注意を周りに払って実子と偽り続けた。そして叔母上は他家へ嫁いだ。これが若い時なら強い感情に囚われたのだろうが、年齢を経た今はただ、そうだったのかという枯れた気持ちだけだ。ただし、ずっと、叔母上のわしへの温かい気持ちだけは感じてきた。有り難かった。それゆえ、叔母上の仇だけは何としても取りたいと思っている」

岸田は最後の一言に力を込めた。

「扶季様が殺されたのは、御実父牧瀬基良様の失踪と関わりがあるのではないかと思います。扶季様はそれを言い残したくて、柘植の根元に埋めた恋文を示したのです」

桂助が言い切ると、

「しかし、五十年前の出来事を、今更蒸し返してどうしようというのだ？　わしがそうであるように、五十年前におぎゃあと生まれた赤子とて、余命を考える年齢に達している。たとえ当時の因果な事件が暴かれたところで、当事者たちはとっくに冥途《めいど》行きになっているのだぞ。いなくなった実父上とて、もはや生きてはおるまい」

岸田は首をかしげた。

「扶季様は闇に隠れている昔起きた事件と関わって、今、また、大きな闇が動きだそうとしていることを報せたかったのではないでしょうか？」

「それには、五十年前、牧瀬基良がなぜいなくなったかの謎を解かねばならぬな」

「それと、どうして、この屋敷が当時のまま、捨て置かれるように遺されているのか、これも大きな謎です」

「よし、わかった、調べてみよう」

岸田は鉄の函を手にして表へと向かった。

「せめて、表から出るのが実父上への敬意と供養であろう」

桂助が岸田に続いて門を抜けようとすると、

「何をする」

岸田の怒声が響いた。

突然、現れた大男が岸田に体当たりを喰らわせたのである。

鉄の函が奪われた。

「岸田様」

咄嗟に桂助は落ちていた木切れと石を拾うと、その大男めがけて投げつけた。

木切れは躱《かわ》されたが、間髪《かんはつ》を容れず投げ続けた石の方は顔面に当たった。

うっと叫んだ大男は鉄の函を放り出して、顔を両手で被って地面に蹲《うずくま》った。

「大事ない」

地面に尻餅をついていた岸田は立ち上がると、刀を抜いて暴漢の前に立った。

「命が惜しくば誰に頼まれて、我らを待ち伏せしていたか申せ」

相手はまだ、顔を被ったままでいる。

岸田が刀を振り上げると、ひゅーんと風を切る音が聞こえた。

「お許しを」

大男がやっと顔から手を離した。

左目の近くが赤くなっているだけで、顔にこれという傷は見当たらない。

――よかった。これなら手当も必要ない――

「許してほしくば依頼人の名を告げよ。告げねばこの場で斬り捨てる」

「そ、それればかりは――」

大男は怯《おび》えた目になった。

すると岸田はもう一度、刀を振り上げて風の音をさせた。

「わ、わかりました。言います、言います。女です。賭場で仕事を頼まれたんでさ。ここを、昨日の夜からずーっと見張ってて、人の気配がしたら、決して目を離さず、出てきたところを襲えって。必ず、何か持ってるはずだって。屋敷っていうよりも、墓場みてえなとこで、いい加減うんざりしてたら、お侍《さむらい》さんたちが出てきたもんだから、それで——。あっしは、五郎《ごろう》って名のしがねえ奴なんで、遊ぶ金欲しさに、ついふらふらっと気持ちが動いて、言う通りにしただけなんですよ」

「その女の名は？」

岸田の追及は止まない。

「たしか加代って」

——加代——

桂助は慄然《りつぜん》とした。

——源八さんを操って殺した女だ——

「懲《こ》りなさい」

桂助は岸田も驚くほどの大声で、大男を叱りつけていた。

七

「岸田様、お手数ですが、この男を番屋《ばんや》までお連れいただけませんか？」

桂助の言葉に、

「えっ？　見逃してくれるんじゃねえんですかい？」

五郎は泣きそうな顔になった。

――源八さんの二の舞になってはいけない――

桂助は加代の言いなりになった源八の顚末《てんまつ》を話して聞かせた。

「ちょいとした小遣い稼ぎで命を取られるなんて、あんまりだ」

五郎は青ざめた。

「ならば、まだ伝馬《てんま》町の牢暮らしの方がましであろう」

岸田は五郎を立たせると、番屋に引き立てた。

番屋の前まで来ると、

「後はそちに任せる」

岸田は帰ってしまい、残された桂助が仕掛けられた狼藉《ろうぜき》について、居合わせた友田と金五に説明した。

金五は五郎の腫《は》れてきた左目のあたりを気の毒そうに見て、

「それって、よくある、かっぱらいのしくじりだよね」

「〝大男捕まったのが運の尽き〟か――」

友田は一句ひねって、

「しかし、罪は罪である。仕置きの上、牢に繋がねばならぬな」

大きく目を剝《む》いた。

「ここにこうしていても危ねえかもしれねえ、どうか、どうか、早く、牢に連れていってくだせえ、お願いです」

ひたすら怯えて懇願し続ける五郎に、二人は啞然とした面持ちで桂助を見た。

「実はこれには理由がありまして」

桂助は五郎が源八を駒にしていた加代に、声を掛けられた事実を話した。

「賭場の鉄火女《てっかおんな》の加代に間違いないいな」

友田は雷のような大声を震わせた。

「へい」

五郎はか細い声で応えて、大きな身体をすくめた。

「細かく一部始終を話せ」

「わかりました」

五郎が話し終えると、

「こ奴の話はわかったが、なにゆえ、加代が名指しした牧瀬の幽霊屋敷に藤屋、おまえはいたのか？　早朝から幽霊相手に往診でもあるまい？」

友田は桂助の顔に目を据えた。

――困ったな。岸田様のことを何と伝えたものか――

一瞬窮した桂助だったが、

――そうだ――

「あそこにはギシギシがよく茂ると聞き、汁の実やお浸しにしようと摘みに行ったのです。油炒めもいいかもしれません。いつも朝餉の汁の実を、鋼さんにお願いしているので心苦しく思っていました。たまにはわたしが用意したいと思ったのです」

我ながら上手い辻褄合わせだと思ったのだったが、

「おいらの死んだ祖母《ばあ》ちゃんもギシギシが好きだったから、前はよくあそこに摘みに行ったよ。ギシギシに限らず、菜っ葉の類はよほどの量摘まないと菜《さい》になんないよね」

金五の目は手ぶらの桂助の両袖の膨らみを確かめている。

桂助は両袖を振って、はっと驚いた表情を作った。

「しまった、この男に襲われた時、せっかく摘んで袖に詰め込んだギシギシを落としてきたようです」

「残念だったね」

金五が同情のまなざしで頷いてくれると、冷や汗ものだった桂助はやっと安堵できた。

——扶季様の不慮の死や恋文の話は、口にはできない——

「それでは、おまえが見たという、加代という女の顔の特徴を申せ」

友田は五郎と金五の両方に顎をしゃくった。

「おいら、このところ、お役目で人の顔も描いて褒《ほ》められてるんだよ。そっくりに描けてるって。祖母ちゃんが死ぬ前に、〝ものを覚えてるだけじゃ芸がない。形にしなきゃ駄目だよ、金五、認められない〟って言い遺したんで、おいら、必死で見た通りに描く稽古をしたんだ。それでやっと覚えてる通りに描けるようになったんだ」

金五は紙と筆、硯《すずり》を置いて五郎と向き合った。

「さて、まずは顔の形——」

金五が訊いて、

「瓜《うり》みてえな細面《ほそおもて》」

五郎が応える。

「痩せ型だから、首も細いよね。首は長め？」

「ロクロ首みてえに長すぎはしねえ、ちょうどいい案配だ」

金五は五郎の言う通りに描いていく。

通った鼻筋、形のいい花びらのような口元、すっと涼しげでやや勝ち気そうな切れ長の目の美女の画が出来上がった。

——これは——

桂助は思わず息を呑《の》んだ。

金五も顔を青ざめさせている。

——あの成緒さんにそっくりではないか？——

「あ、それに八重歯」

五郎が思い出して、金五は震える筆を何とか動かして、口元から八重歯を黒く塗りつぶして覗《のぞ》かせた。

こうして金五が描き上げた加代の画は、邪悪そのものに見える。

上側の犬歯が単に尖っているだけではなく、歯列より前に迫り出して、牙のようになっている状態が、鬼歯とも言われた八重歯である。

——成緒さんには八重歯はなかったが——

八重歯は遺伝的な要因によることもあれば、生まれつきによるもの、また顎骨の成長や歯の生え替わりによるなど、様々な原因がある。

「なかなかの美女だが、かなりのワルの面構《つらがま》えでもある。わしはこの手の女が好みでないこともない」

成緒に会っていない友田はしばし見惚れていたが、ふと我に返って、

「他に隠していることはなかろうな？」

五郎を睨み付けた。

――そうだった、この男は岸田様を襲ったのだった――

桂助はもうこれ以上、岸田のことを伏せることはできないと観念した。

「実は知り合いの身分あるお武家様に、ギシギシが好きな方がおいでで、牧瀬邸までご一緒したのです」

「何だ、春菜摘みの仲間がいたのか？　相手は身分ある武家でも、おおかた暇を持て余した隠居老人に違いなかろうが――」

――隠居老人と呼ぶには、いささか不似合いな岸田様ではあるけれども――

「その通りです」

桂助は大きく頷いた。

「それでは早速、念のため、その武家の顔も藤屋に聞いて描いておけ」

友田に命じられた金五は浮かない顔で、足りなくなった墨をすり始めた。

仕上がった武士の顔は、まさに、岸田正二郎そのものだったが、

「人相が悪いな」

友田は眉を寄せて、

「こやつはひょっとして加代とやらの頭《かしら》かもしれぬ」

桂助に相づちをもとめてきた。

「そうだとしたら、襲われるのはおかしいでしょう」

桂助は苦笑した。

「まあ、たしかに」

ここで友田はふわーっと大きく欠伸《あくび》をして、まだ酒の残っている息を吐くと、

「昨夜は遅くまで、酒で心地よく過ごした。おかげで眠い」

座敷に上がってごろりと横になってしまった。

この後、桂助は何事もなく、〈いしゃ・は・くち〉に戻って治療をしたが、

――成緒さんがなぜ、加代とあれほど似ているのか――

気掛かりでならなかった。

そんな桂助が、鼻白んだ顔の鋼次に金五の描いた岸田の絵を突きつけられたのは、翌朝のことであった。

「金五に長屋の前で会ったら、〝兄貴ならこの男、知ってるんじゃない？〟って、これを見せられたんだ。桂さんがこいつと一緒に牧瀬っていう幽霊屋敷の前で襲われたことも聞いた。〝春菜摘みの同好の士だって桂助先生は言い通したけど、今一つ、ぴんと来ない〟って言って、金五は首をかしげてた」

美鈴よりも一足先に訪れていた鋼次は、さらに、

「桂さん、何でまた岸田なんだよ。あいつとはもうとっくに縁が切れてるはずだろ？　あいつと関わったら、ろくなことがねえってわかってるだろ？」

叱りつけるように畳みかけてきた。

長いつきあいの鋼次は、桂助がなぜ当時の側用人の岸田と親しい間柄なのかも知っていたし、桂助によって弟と称して紹介もされ、面識があった。

もっとも、鋼次が岸田と対面したのは桂助を案じる気持ちゆえではあったが——。

「岸田様は悪い方ではありません」

「そりゃあ、わかってるよ。俺に土産《みやげ》にってくれた羊羹入りのカステーラも美味《うま》かったよ。あれ、岸田が拵えたんだろ？　菓子作りなんてあいつらしくねえけど、あいつも人なんだなって初めて思えた」

「ご趣味で手ずからお菓子を拵えるほどですから、春菜摘みをなさってもおかしくは

ありません」

桂助はきっぱりと言い切った。

「ほんとにそうなのか？」

半信半疑の鋼次を尻目に、桂助はあくまで〝嘘も方便〟を貫き通すつもりであった。

――伯父横井宗甫殿の無念を晴らそうとして、身分や役職の高い方々の治療を田辺南庵先生から引き継いだ成緒さんに、まずは飼い猫を惨殺しての警告がもたらされた。そして、難を逃れたわたしが一枚噛《か》んでいるのではないかという成緒さんの疑いに付け込んで、ご縁のある岸田様の名を挙げ屋敷に向かわせようとした者がいる。岸田様のおっしゃった通り、途中で亡き者にするつもりだったのだろうか？　一方、源八さんに薬草園荒らしや附子を盗ませたすえ口封じしただけではなく、五郎さんをも駒にした加代は成緒さんそっくりだ。その加代は牧瀬邸に五郎さんを張り込ませて、わたしたちから鉄の函を奪わせようとした。殺された扶季様が必死で守ろうとなさったのは、岸田様の御実父牧瀬基良様からの恋文と自分が書いたものの両方だったのでは？今、岸田様は五十年前の深い闇に呑まれようとしている。放ってはおけないが、その闇は底なし沼に通じているのかもしれない。鋼さんたちだけは関わらせたくない――

第三話　癒《いや》し草

一

今日も春菜摘《つ》みに出かけます。
朝餉《あさげ》は要《い》りません。

翌朝、桂助《けいすけ》は鋼次《こうじ》たちに書き置きを残して家を出た。足は小石川蓮花寺門前町《こいしかわれんげじもんぜん》へと向かっている。

――成緒《なるお》さんに加代《かよ》のことを確かめたい――

すでに金五《きんご》が訊《き》き糺《ただ》しているのなら、昨日のうちに桂助のところへ伝えに来ているはずである。

――金五さんは成緒さんに格別な想いがある。複雑な気持ちで友田《ともだ》様にもこのことを言えずにいるのでは？　友田様が知ったらただちに成緒さんを番屋《ばんや》に呼んで詰問し、加代に化けていたと決めつけかねない。それでも、金五さんは、お上《かみ》の十手を預かる以上、このままではいけない、どうしたものかと、あれからずっと一人悩んで悶々《もんもん》としているのではないだろうか？――

「ご免ください」

桂助は、薬草に水やりをするために井戸端から大きな盥《たらい》を持ち上げた成緒に、声を掛けた。

「まあ、お早いこと」

成緒は目で入ってくれと告げた。

「手伝《てつだ》いましょう」

桂助は成緒に駈け寄った。

「せっかくですけど」

成緒は首を横に振った。

「これはわたしの仕事ですから。それに先生にだけ手伝っていただくわけにはいきません」

「でも――」

「大丈夫です。こう見えても、わたしなかなかの力自慢なんですから」

成緒はにっこり笑って、意外に軽々と大盥を持ち上げると、まずは表に植えられた薬草の前に置き、手にした柄杓《ひしゃく》で水を打ち始めた。

――大丈夫です――か。志保さんもよく同じような受け答えをしていた。ただし、力自慢とは言わず、力持ちと言っていたような気がする――

桂助はしばし志保の面影《おもかげ》に囚われた。

「わたし、似てなんていないでしょう?」

気がつくと成緒が見つめていた。

「先生が想いのある方にですよ」

桂助が言葉に窮していると、

「この間、おいでになった時、洩《も》らされたじゃないですか。わたしでも女のはしくれですから、ああいう話は聞き逃さないんです」

ふふっと成緒が笑った。

――この流れでは駄目《だめ》だ――

「お見逸《みそ》れしました」

一瞬、戸惑《とまど》った桂助だったが、すぐに思い直して、

「実は聞いていただきたい話があるのです」

ある屋敷の前で暴漢に襲われた話をした。

「その男はごろつきで、賭場《とば》で加代という女に雇われたと言っていました。ごろつきの覚えていた加代の顔形を、下っ引きの金五さんが描いてくれました。八重歯を除け

ばあなたにそっくりでした」

「あら、まあ」

成緒は驚いた言葉とは裏腹に、

「あの金五さんとかいった下っ引きさんなら、たしかに人の顔だって、立派に描き分けられるかもしれないわね」

少しの表情も変えていなかった。

――話を逸らす気なのだろうか――

桂助が懸念して次の言葉を探していると、

「金五さん、とても絵が上手で、ここにある薬草を残らず描き記してくれることになったんです。ほんとうに有り難いことだわ。ああ、でも、よく考えてみたら、下っ引きなのですもの、人の顔の方が本業ですよね？　ただし、草木より人の顔の方が、千差万別、少しの違いが大きな違いで、特徴が摑《つか》みにくいんじゃないかしら？」

相づちを求めてきた。

「そんなことはないでしょう。たとえばシダ類などはどれもよく似ているけれど、一種一種どこかに他と異なる部分があります。丸、四角、細長等、形が分類できる人の顔よりもよほど難しいのが、草木描きだと言えないこともありません」

桂助は穏やかに反撃した。

「それでは先生は、金五さんの描く人の絵は正確だとおっしゃるのですね」

成緒の柄杓を操る手が止まった。

「金五さんは、一度見たものは決して忘れないという特別な力の持ち主です」

桂助はきっぱりと言い切った。

「わたしがその加代という悪人だと？」

「わたしはそう思ってはいません。けれども、このままでは先生が加代だと見なされてしまいます。御存じのように、入れ歯師に頼めば、作り物の八重歯を拵《こしら》えてもらうことができますから」

「わたしは悪人でも、加代なぞでもありません。賭場なぞ話に聞いたことはあっても、全く無縁です。信じてください」

成緒の口調が切羽《せっぱ》詰まった。

「もちろん、信じています。ですから、わたしだけには、何もかも、包み隠さずに話してほしいのです」

桂助は勝負に出たが、

「わたしが何か隠しているですって？　とんだ言いがかりです。相手がいくら歯抜き

の名人の藤屋《ふじや》桂助先生でも、こればかりは許せません。どうか、もう、お帰りくださ
い」

成緒は再び柄杓を手にした。桂助に水を浴びせかねない剣幕である。

──やはり、この人は何か大事なことを隠している──

桂助は確信した。

この時、

「おはようございます」

浅蜊《あさり》の入った籠《かご》と葱《ねぎ》を手にした、二十代半ばの侍《さむらい》がやって来た。

「今日の朝餉は格別ですよ　浅蜊と葱を出汁《だし》で煮て飯にかける、深川飯にしようと思っています。忙しい先生に精をつけていただきたいのです」

ずんぐりむっくりでのんびりとした物言いの、髭《ひげ》の濃い若者であった。

「小野《おの》様、いつもすみません」

柄杓を大盥の縁に置いて成緒が頭を下げると、

「なに、わたしは先生のお役に立ちたいだけです」

男は顔を赤らめた。

──この方が金五さんの話していた、腕に覚えのある定中役《じょうなかやく》の小野一平《いっぺい》様なのだな

──

「それではわたしは失礼します」

桂助は成緒の尖った視線を背中に感じながら、この場を辞した。

──なぜか、岸田《きしだ》様のことが気にかかる──

知らずと桂助の足は、岸田の屋敷のある上野《うえの》へと向かっていた。

──あの後、扶季《ふき》様の通夜や葬儀は無事執り行われただろうが、慌ただしさが去った今頃は、がっくりと気落ちしておられるのではないだろうか？──

「お約束はしておりませんが、藤屋桂助がまいったとお伝えいただけませんか？」

桂助が門番に告げると、

「あなた様なら、おいでの時はいつでもお通しするように言われています」

門番は潜り戸を開けてくれた。

岸田は文机《ふづくえ》のある自分の部屋にいた。

牧瀬基良《まきせもとなが》と叔母《おば》扶季、自分の実父母の恋文を、畳の上に互い違いに辻褄《つじつま》の合うように並べてじっと見入っている。

岸田はさらに痩《や》せて、削《そ》がれた頰《ほお》に頰骨が貼りついているように見えた。

「よく来てくれたな」

気のせいかその声は弱々しかった。

「いかがお過ごしになっておられるかと、案じておりました」

「無事、叔母上は土に還られた。柚木《ゆぎ》家は安泰だ」

「それは何よりです」

「年齢《とし》のせいか、張っていた気が挫《くじ》けてしまって力が出ない」

岸田は薄く苦笑った。

「きちんと召し上がっておいでですか？」

「通夜振る舞いの膳《ぜん》を酒で流し込んだのが最後だった。酒も飲む気がせず、あまりよく眠れず、喉《のど》を通るのは水だけという有様だ。我ながら何ともだらしない。恥ずかしながら、時が過ぎるのも忘れて、ただただこうして実父母の恋文を読み返していた」

岸田の目は赤かった。

「人の心は負いきれない衝撃を受けると、一時《いっとき》、何も感じなくなり、その後で少しずつ、感じる力が戻ってくるものなのだと聞いたことがございます。それで悲しみは長引くものの、いつか癒《い》えるのだとも――」

「癒えるのだろうか？」

岸田の目が問いかけてきた。

「悲しみなどの強い感情を一人で背負い込まずに、人に話すと癒《いや》しの時が早まるとも聞いています。どうか、わたしにお話しいただけませんか？」

「二本の御蔵柘植《みくらつげ》のことを考えていた」

「牧瀬家、柚木家双方に植えられていた柘植についてですね」

「そうだ」

岸田の遠いまなざしは、目の前の恋文の向こうに、二本の柘植を見据えているかのようだった。

二

「牧瀬家の実父上《ちち》が植えた柘植は樹齢五十年ほどだったのに比べ、柚木の叔母、いや実母上《はは》のところの柘植は植えられて二十年ほどだとそちは言った。この樹齢の違いをわしなりに考えてみた。行方《ゆくえ》知れずとなった相手の子を身籠《みご》もり、月満ちて産み落としたわしを、兄夫婦に託して他家へ嫁いだ実母上は、実父上の指示したように恋文を焼き捨てることなどできはしなかった。文箱《ふばこ》にでもしまって箪笥《たんす》の奥深くに隠し持っていたのだろう。実母上は強い想いをわしと実父上に残しながら、叔父《おじ》が亡くなるまでの三十年間、柚木家の嫁として振る舞い続けたのだ。三十年は長い。その切ない想いの日々を思うとたまらない」

そこで岸田は大きなため息をついて、一度言葉を切った。

「あなた様の成長を洩れ聞く幸せはあったはずです」

「頼りにしていた養母上《ははうえ》が早世《そうせい》してもか？　厳しい爺《じい》に育てられる孤独な我が子を遠くから見守るのは、岸田の家のため、ひいてはわしのためとはいえ、気丈な反面、涙脆《もろ》い叔母、いや実母上にとっては辛《つら》かったのではないかと思う」

「子どもの頃、両親《ふたおや》を亡くして育つのはさぞかし心細いことだと思います。特に母の愛は格別なので――」

桂助は感慨深かった。

――わたしも岸田様と同様、呉服問屋藤屋の養子だった。だが、自分が商《あきな》いには向いていないせいで、いささか不肖《ふしょう》の息子だと思ってはいたが、両親にこれ以上はないと思われる愛情を注がれ、家族とは血がつながっていない事実も、将軍家の落とし胤《だね》であるということもなかなか信じられなかった。養母《おっか》さんは優しく、岸田様のような寂しい子ども時代は過ごしていない。岸田様の怜悧《れいり》にして、自他ともに厳しすぎるほどの御気性は、寂しさに打ち克《か》つために育ったものだったのかもしれない――

「時を経て立派に岸田家の当主となられたあなた様には、さぞかし感無量だったのではないでしょうか？」

「それについては今一つ解《げ》せぬことがある。なぜ、実母上は実父上に倣《なら》って栢植を植えようと思われたのか？　嫁いだ先の夫が死んでやっと縛《しば》りが解けて、恋した相手への想いを、栢植とその根元に埋める恋文に託せると思ったのだろうか？　女にとって恋は永遠なのか？　あの貞女の鑑《かがみ》のような実母上であってもそうだったのか？　そこのところがわしにはどうにもわからない」

「あなた様の御実父基良様はついに戻っては来ませんでした。夫を送った扶季様とて、もはや基良様が生きているとは思ってはいなかったはずです。わざわざ御蔵島の栢植を選んで植え、恋文をその根元に葬ったのは、今後もあなた様を基良様と二人で見守る決意を示されたのでしょう。あるいは、あなた様が立派に成長されたのは、基良様の植えた栢植の加護のように思えたのかもしれません」

「二本の樹で両親のように見守れば、さらにわしの将来に光を当てることができると？」

「御側用人《おそばようにん》を滞りなく務められたのです。願った通りになったではありませんか。身分の違いで御実母様と引き裂かれることを懸念し、出世に命を賭けた御実父様は、たとえこの世におられなくても、我が子を誇らしく思い続けて、お喜びのはずです。ですからあなた様は、この点に限っては、少しもお二人について懸念なさることはないのです。ただ――」

言いかけて桂助は言葉を止めた。

「気になる、先を話せ」

岸田は鋭い声で催促した。

「扶季様が殺されずに寿命が尽きて亡くなられたのだとしたら、果たしてあの庭の柘植を指し示されただろうかという疑問は残ります。たとえ柘植が伐《き》られ、根元から恋文の入った函《はこ》が見つかっても、名が記されていないせいで誰からのものかなどわかりはしません。あなた様がおっしゃっていたような扶季様の恥になどなり得ません。わたしたちは牧瀬家の柘植を先に知っていたので、結びつけることができただけです。柚木家の柘植の根元から出てきた鉄の函入りの恋文は、蔵にしまわれてすぐに忘れられてしまうでしょう。あるいは捨てられてしまうかもしれません。それで扶季様もよかったのだと思うのです。あるいは柘植が伐られなければあのままで――」

「それをあえて指し示して掘り出させ、牧瀬邸の柘植の下まで掘らせたのは、わしへの遺言だったのだな」

「前にも申しましたように、骸《むくろ》を見つけるのがあなた様であって欲しいという気持ちゆえの扶季様の賭けです。それは実母として何よりあなた様の身を案じていたからだと思います」

「わしはもう側用人ではない。隠居同然の身だ。そんなわしの身をどうして案じたのだろうか？」

「それはまだわかりません。ただ、牧瀬基良様の埋めた鉄の函を手にしていたあなた様が、ごろつきに襲われたのは事実です。扶季様は殺されるとわかった時、この危機はあなた様にも及ぶと気がつかれたのではないかと思います」

「またしても母心か？」

「ええ」

目を濡らしている岸田を、桂助は初めて見た。

「何も召し上がらないのはよくありません。カステーラ作りのための石窯《いしがま》を持っておられると聞きました。あれで一つ、このわたしに美味《おい》しいタルタを作らせていただけませんか。石窯と聞いて、家で鉄鍋《てつなべ》を使って焼くよりも、ずっと上手にできるのではないかと思い立ちました」

桂助は話を転じた。

「タルタ？　南蛮菓子《なんばんがし》か？」

「今もあなた様よりお届けいただいている牛酪《ぎゅうらく》（バター）を使います。おそらくあなた様のところにも、それがあるのではないかと――」

「牛酪をカステーラに挟んでみたが、べたべたしてしまい、これは今一つだった」

「牛酪はタルタのような菓子の固めの生地に使うと、よい風味に仕上がるのです」

ちなみにタルタとはタルトのことである。

「叔母、いや実母上は羊羹《ようかん》を挟んだカステーラを喜んでくれた。タルタとやらも墓参の折に作って供えたい。しっかり教えてくれ。他に要《い》り用なものは？」

「唐芋《からいも》と南瓜《かぼちゃ》です」

「それなら、氷室では凍りついてしまうので、風通しのいい涼しい蔵に保管してある」

こうして、桂助と岸田は襷《たすき》を掛けてタルタ作りを始めた。

驚いたことに岸田は粉のふるい方や、秤《はかり》できっちり材料を量る手順が堂に入っている。

唐芋と南瓜を別々に蒸し上げて、水飴《みずあめ》を加えて餡《あん》に練り合わせる手つきもなかなかのものだった。

「さすがです」

桂助が圧倒されていると、

「そちの異母兄の温恭院《おんきょういん》様は無類の料理好き、中でも歯にはよろしくないが菓子作りに熱中されていた。わしはよくその手伝いをさせられた」

ふと洩らし、桂助が俎板《まないた》の上でのして皿に敷き込んだタルタ生地が、石窯の中で何とも芳《かんば》しい甘い香りに焼けてくると、

「ふむ、これは何とも美味《うま》そうな匂いだ。今は亡き温恭院様の墓前にも供えさせていただきたくなった」

感慨深げに呟《つぶや》いた。

時は昼近い。

――そういえば、今日は朝餉抜きだった――

桂助は空腹だったことに気がついて、

「さあ、共に食そう」

岸田の誘いを有り難く受け容れ、何日もの間、食べ物を受け付けなかったという岸田と一緒に、一台のタルタを丸々食べ尽くしてしまった。

「牛酪というものは粉と混ざり熱が加わると、かくも風味が増すものだとは知らなん

だ。忘れぬうちにもう一台作ってみるぞ」

いつもの気合いを取り戻した岸田はまたタルタ作りに取りかかり、桂助は治療のために岸田邸を辞した。

この日、送り出した最後の患者と入れ替わりに、金五からの使いが飛び込んできた。

「あいつ、いつから、使いを寄越す身分になったのかよ」

鋼次は呆《あき》れたが、桂助が先に読んだ文《ふみ》を見て驚いた。


女先生が襲われました。眠っているように見えます。すぐ来てください。


「こりゃ、大変《てえへん》だ」

「行きます」

「俺《おれ》も行く」

「鋼さんは、わたしが帰るまでここにいてください。急な患者さんがあると困るでしょうから」

桂助は素早く身支度して、朝、訪れたばかりの小石川蓮花寺門前町へと走った。

門の前では小野一平が待ち受けていた。

「ほんの僅《わず》かな時、夕餉《ゆうげ》の菜《さい》をもとめに留守をした隙にやられた」

悔しくてならない様子である。

「金五さんは？」

「俺が付き添うと言ったのだが、あの下っ引きに、〝見張りもまともにできぬ奴《やつ》には任せられない〟と、たいした鼻息で迫られた。俺の留守に倒れている成緒先生を見つけ、介抱したのはあ奴ゆえ、仕方なく引き下がったのだ」

桂助はこの小野と一緒に家へと入った。

玄関で草履《ぞうり》を脱《ぬ》ぐ音を聞きつけた金五が、

「ここだよ」

障子《しょうじ》を開けて廊下に立った。

桂助たちは、座敷の夜具の上でこんこんと眠っている成緒と引き合わされた。

「息はしてるんだけど、何度、呼びかけても起きないんだよ。いったい、どうしちゃったのか――」

案じられてならない金五は、今にも泣きだしそうだった。

三

「診《み》てみましょう」

桂助は成緒の脈を診てから、寝息を立てている口に鼻を近づけた。

「特に案じることはありません。ところで成緒さんが倒れていた場所は？」

「こっちだよ」

金五は襖《ふすま》を開けた。

桂助と一緒に小野がついてこようとすると、

「小野様は先生に付き添っててください」

常にない憤《いきどお》った目で睨《にら》み付けた。

小野は成緒が寝息を立てている部屋に止まり、桂助は金五に導かれて壁の四方八方に薬瓶が置かれている薬処《くすりどころ》に入った。

板敷きに二枚の座布団《ざぶとん》が向かい合っていて、湯呑《ゆの》みも二つ置かれている。

一方の湯呑みは空で、もう一方には並々と茶色の煎《せん》じ薬が満たされている。

「おいら、もしかして、女先生、覚悟の自害なんじゃないかと思うんだけど」

金五の目は真剣である。

「成緒さんが加代だとでも言うのですか？」

「そうとしか考えられない。加代の奴、五郎《ごろう》が落ち合うと決めていた場所に姿を見せなかったんだよ。五郎が捕まったのを知って、万事休す、姿形が加代にそっくりなことがおいらたちにバレてるとわかったもんだから、毒を呷《あお》ったんだと思う」

「たしかにわたしは、経緯《いきさつ》を成緒さんに話しはしましたが——」

桂助は今一つ釈然としなかった。

「それでおいらたちが押しかける前に、カタをつけたんだよ」

——金五さんは成緒さんへの想いのせいで、いつもの力を失っている。倒れている成緒さんを助けて介抱した時、一度見たはずの座布団や湯呑みの数を覚えていないだけではなく、目の前にある同じ様子さえ見えていないのだ——

桂助は啞然《あぜん》とした。

そこで桂助は、

「あれは来客があった証《あかし》です」

座布団と湯呑みを指さした。

「おいら見逃してた」

さっと金五は青ざめた。

「わたしの目はあなたほどの力はありませんが、薬草や生薬《しょうやく》を嗅ぎ分ける鼻にはそこそこ自信があります」

桂助は二つの湯呑みを手に取って、それぞれの匂いを嗅いだ。

「空の湯呑みにも、注がれていたのと同じ加味帰脾湯《かみきひとう》が入っていたはずです。眠っている成緒さんの口からも加味帰脾湯の匂いがしました。これは不眠に用いる煎じ薬で毒ではありません」

金五は薬を煎じた薬罐《やかん》が置かれている長火鉢の周囲を見て、

「女先生は先に加味帰脾湯とやらを飲んで見せたんだね。でも、それおかしかない？　女先生ほどの人なら、加味帰脾湯があんなふうに眠ってしまうほど強いってわかってるはずだろ？　なのに、その煎じ薬を、先に飲んでみせるなんて。何も女先生まで患者みたいに、煎じ薬飲むことないし」

「お相手は普通の患者さんではないはずです。それに加味帰脾湯はあれほどの眠りは誘いません」

「ってことは、患者を装った奴が女先生を――」

金五の目がまた憤った。

桂助は立ち上がって縁側に立った。

沓脱石《くつぬぎいし》に下りて、腰を屈《かが》めて手を伸ばして摑《つか》んだものを金五に見せた。

「成緒さんを深い眠りに陥らせた正体は、これでしょう」

桂助の掌《てのひら》には赤い包み紙が握られていた。

「それって、もしや、阿芙蓉《あふよう》の仲間？」

阿芙蓉とは阿片《アヘン》のことである。

「おそらく――」

「ほんとに女先生、大丈夫なのかな？」

稀《まれ》ではあったが、多量の阿芙蓉摂取によって骸となった大店《おおだな》の道楽者息子のなれの果てに、金五は出くわすこともあったのである。

医療用の阿芙蓉は津軽《つがる》で栽培される芥子《けし》の未成熟果から作られているが、その他にも密貿易による流通が後を絶たなかった。

「極上の阿芙蓉っていうのは、ちょっと量が多くても死んじまうって聞いてるから」

「それほどの量がここにあったかもしれません」

桂助は丸まっていた赤い紙を薬包に直してみた。

「でも、相手はそこまではしませんでした。命に別状ない、耳かき一掬《すく》いとまでもいかない微量を、成緒さんが席を外した隙に、湯呑みの中に入れたのでしょう」

桂助は赤い紙が落ちていた近くの土に目を据えた。

朝から吹き続けている強風が、盛んに庭先の土を吹き上げ掠《さら》っていく。

――せめて少しでも阿芙蓉が残っていれば、手掛かりになるかもしれないのだが――

捨て去られた阿芙蓉は、もうどこにも残ってはいなかった。

「先生が気がつかれたようだ」

そこへ小野が告げに来た。

「喉が乾いて冷たい水が飲みたいとおっしゃっている。井戸水を差し上げてもよろしいかな？」

「念のため、冷《さ》まし湯にしてください」

「それなら、おいらがやるよ」

金五が買って出て、

「冷まし湯は薬臭くない方がいいだろうから――」

小野に構わず厨《くりや》へと向かった。

桂助が目を覚ました成緒の脈をもう一度診ようとすると、

「誰？」

成緒はまだ半ば朦朧《もうろう》としている。

「藤屋桂助です」

「藤屋――桂助、あの歯抜き名人の――わたしのためにここへ――ああ、すみません」

「頭は痛くありませんか？」

「少し」

桂助は成緒の額《ひたい》に手を置いた。

「大丈夫、熱はないし、意識に変わりもありません。まだだるくて眠いですか？」

「ええ」

「それなら水を飲んでゆっくりお眠りなさい」

成緒は金五が持ってきた冷まし湯を一気に飲み干して、寝入ってしまった。

「桂助先生、ちょっと――」

金五に、また廊下に呼ばれた。

「見てほしいものがあるんだけど」

金五は桂助を厨に連れていった。

「これなんだよ」

厨の調理台の上に梅酒の瓶があった。その横に盆が並び、菓子皿二枚には梅酒に漬けた梅の実と菓子楊枝《ようじ》が添えられている。

「成緒さんがもてなしに供そうとしたものですね」

「ここまで心を込めてもてなそうとした相手に、危ない薬を盛られるなんて、可哀想《かわいそう》すぎるよ」

「相手とは親しい間柄でしょう」

「ああ、やっぱり」

金五はしょんぼりとうつむいた。

「男の人ではない気がします」

「ほんとに？」

金五は顔を上げた。

「男の人でしたら、煎じ薬の後の口直しに、梅酒漬けの実などあまり好みはしないでしょうし、成緒さんは相手の好みを知っていたのだと思います」

「この梅酒、女先生の手作りだよね。だとすると女先生も梅酒の実が好きだったんだ」

「それと成緒さんも相手も、同じように眠れない体質だったのです。加味帰脾湯を成緒さんも常用していたはずです。そしてその相手とは、成緒さんが幼い頃から、何くれと世話を焼きたくなる女《ひと》で――」

「ってえことは、桂助さん――」

金五は息を詰めた。

「食べ物や体質だけではなく、顔形までよく似た女です」

「双子!!」

「他人の空似では、金五さんがこれほど案じはしないでしょう」

「女先生と双子だった加代がここへ来ていた!!」

手を打って言い切った金五に、桂助は大きく頷いた。

「けど、どうして、加代は血を分けた双子にあんなことをしたんだろう?」

「成緒さんに知られずに、この家で探しものをするためです」

「でも、薬処も治療処も荒らされてなんぞいなかったよ。念のため、薬草園も見たけど変わりはなかった」

「田辺南庵《たなべなんあん》先生の貴重な御本や日記が整理されているはずの書庫は見ましたか?」

「離れの一番奥の開かずの間みたいなとこなら、まだだけど」

「たぶん、そこです」

厨を出た桂助と金五は廊下を走った。

書庫の扉は開け放たれていた。

夥《おびただ》しい本の山が、雪崩《なだれ》のように散乱して廊下を埋めている。

四

「こりゃ、酷《ひど》いや」

金五は驚き呆れ、桂助は散らばっている本の書名を鋭く拾っていく。

「加代は書庫で草木に関わる本ばかり、狙い撃ちにして漁《あさ》っています」

「それってどういうこと？」

「源八《げんぱち》さんに薬草園荒らしをさせたのと、関わりがあるのではないかと思います」

「さすが、桂助先生」

金五は両手を打ち合わせかけたが、

「これ、何だろう？」

床に蹲《うずくま》った。

「何かありましたか？」

「女物の守り袋だと思うんだけど」

金五は緋色《ひいろ》の小さな巾着袋《きんちゃくぶくろ》を手渡してきた。

「加代が落としていったものかな？」

「それなら何かの手掛かりになるかもしれません」

桂助は手を合わせてから、巾着袋の紐《ひも》を引いて中身を取り出した。

まず、畳まれている古びた紙を広げたみた。

一言、歯痛《はいた》祈願成就と書かれていて、錨《いかり》を咥《くわ》える鯖《さば》の絵姿が添えられている。

「変わったお守りだね」

「神社や稲荷《いなり》の名は書かれていないし、錨と鯖を重ねているので、これは独自に作られた守り札でしょう」

「鯖に錨なんてわからないよ」

「鯖《さば》の方は古くは旅泊稲荷、芝口《しばぐち》の日蔭《ひかげ》町に移ってからは鯖稲荷と称されるようになった日比谷《ひびや》神社に由来する話です。ここでは、泊まっていく商人《あきんど》や旅人を手厚くもてなし、近海で漁《と》れる青い魚類を多く供していたのですが、ある時期、このあたり一帯に疫病が蔓延した折、平癒祈願に際し、鯖断ちをして大難から逃れたと言われています。降りかかってくるどんな難儀でも取り除く、霊験殊《れいげんこと》に著しいと、篤《あつ》い信仰を得るようになっているのです」

「たしかに歯痛ほど酷い難儀はないよね」

虫歯で九死に一生を得た金五は咄嗟《とっさ》に顔をしかめて、病んだことのある奥歯のある頬を押さえた。

「錨について話しましょう。参勤交代の途中、殿様への不忠だと歯痛を恥じて自刃《じじん》した山王清兵衛《さんのうせいべえ》が歯神として祀《まつ》られている日光《にっこう》街道の日枝《ひえ》神社では、若い女子が錨を咥えている絵馬があります。山王清兵衛は死を前にして、今後、自分以外の人が歯痛に苦しまないように守りたいと言い遺《のこ》しているのです。歯を錨に見立てて、鉄製の錨のような丈夫な歯になって、口の中に潜《ひそ》んでいるむしば勢をも蹴散らすようにという願いです」

「なるほど、さっき桂助先生が言った通り、歯痛退治の霊験が二つも重なってる。守り札を書いた人は、よほどの想いを守り袋を持たせる相手にかけたんだろうな」

「そうでしょうね、相手は子どもだったでしょうから」

守り袋を探っていた桂助は、小さな小さな、歯の欠片《かけら》のようにも見える犬歯を取り出して掌に載せた。

「これは抜かれた子どもの八重歯です」

「でも、加代には目立つ八重歯があるんだよ」

「ですから、これは成緒さんのものです」

「眠らされた女先生がここまで歩けたとは思えないし――」

「加代が探しものと一緒に持ち帰ろうとしたのでしょう」

「それって――」

「もう、二度と会わない覚悟だったのでしょう。それで、何か思い出すことのできる品が欲しかったのだと思います」

「悪人の加代にも、多少は肉親の情は残ってたんだね」

金五はほっと胸を撫《な》で下ろして、

「よかったよ、おいら、このまんまじゃ、女先生があんまり可哀想すぎるってたまらなかったんだ」

ふうと大きく吐息をついた。

「これはわたしに預からせてください。成緒さんがしっかり恢復《かいふく》したら、見せて訊いてみるつもりです」

「それまではおいら、なーんにもお役目を果たさなくていいってこと?」

金五の表情はさらに和《なご》んだ。

「それまで、小野様と二人で成緒さんに付き添って守ってあげてください」

「わかった。桂助先生、ありがとう」

晴れやかな顔になった金五を残して、桂助は〈いしゃ・は・くち〉への帰路を急いだ。

戸口の前に立つと、内側から戸が開いて、

「桂さん、大変なんだ。この間、薬処に新しい棚を吊《つ》ってくれた大工の元吉《もときち》さんが、歯痛でぶっ倒れちまったって。凄《すげ》え熱で、長屋でうなってるんだそうだ」

鋼次は血相を変えて、

「俺《おれ》、子どもの頃、家族の中で浮いてて、寂しかった。そんな俺に元吉さんはよく声を掛けてくれたんだ。俺みてえなもんが、悪くならずに、今こうしてられるのは、あの人と桂さんのおかげだと思ってるんだよ」

ぐすんと鼻を鳴らした。

「たしか、元吉さんは鋼さんの向かいの長屋でしたね。すぐ行きましょう」

「支度はできてる」

鋼次はすでに、口中道具や薬の入った薬籠《やくろう》を上がり口に調え終えていた。

「てえして役には立たねえだろうけど、元吉さんのとこへは美鈴が行ってくれてる。亭主の恩人はあたしの恩人も同じだって」

「鋼さん、いい女と夫婦《めおと》になりましたね」

桂助は真顔で言い、

「ん」

鋼次にも照れ笑いはなかった。

二人が元吉の長屋に着くと、美鈴は井戸端で水を汲み上げていた。

「元吉さんの額も身体《からだ》も火のように熱いんです。せめて冷やしてあげるしかできなくて——」

油障子《あぶらしょうじ》を開けると、丸い赤ら顔の気の良さそうな元吉の女房お里《さと》が迎えた。

「今のところは何よりの処置です。ご苦労様です。引き続きお願いします」

「先生」

いきなり土間に座り込んで頭を垂れて、

「お願いです、痛む悪い歯を抜いて、うちの人を治してやってください、お願いです」

「いつ頃から、元吉さんはむしばで苦しんでいたのですか？」

「所帯を持った頃からですから、二十年は前のことです。とにかく身体は丈夫なのに、歯の性質《たち》だけは悪くて、始終、梅干しを噛《か》んでました。いよいよという時の歯抜きは大道芸に頼んでました。鋼さんから、先生のところへ行くよう言われてもその昔、義《に》兄《い》さんが歯抜きの先生のとこで歯を抜いたら死んじまったから、歯抜きの先生は信用できないって言い張って」

「歯抜きをした後、熱が出たことは？」

「何度かありましたが、寝つくほどのことはありませんでした」

桂助は口中匙を用いて、荒い息で半開きになっている元吉の口を開かせた。

――これは酷い――

背後で覗《のぞ》き込んだ鋼次が驚いて、ごくりと唾を呑み込んだのがわかった。

四十歳そこそこの元吉の歯で、残っているものは全《すべ》て虫歯に冒されている。

一本だけある臼歯はぽっかりと大きく穴が空いていた。

前歯四本も虫歯ではあったが、左右の歯列の後方へ行くに伴って小さくなり、抜けて歯茎だけに見えるほど溶けているものが多かった。

――そういえば、うちに手間仕事をしに来てくれた時、元吉さんはいつもうつむきがちで、顔を上げると片手で口を覆う仕種《しぐさ》もしていた。他の患者さんの治療で忙しくしていたとはいえ、なぜ、あの時、おかしいと気がつかなかったのか？――

桂助は自分を責めた。

「あたしはうちの人が、江戸一の歯抜きの名人の家の仕事をするって聞いて、いい機会だし、〝それじゃ、是非《ぜひ》、悪いとこを何とかしてもらったら〟って勧めたんです。でも、この人ときたら、義兄さんのことを持ち出したばかりか、〝俺は大工だよ、釘抜きみてえなもんで歯を抜かれるのはご免だ、大工道具の釘抜きに申しわけが立たねえ〟って。ほんとは慣れてない歯抜きが怖かっただけじゃないかと思います。うちの人、子どもがいないせいか、実は子どもみたいに怖がりだったんですよ。どうか、先生、ばっさばっさと抜いて抜いて抜きまくって、うちの人を元通りに元気にしてください。〝お里、馬鹿野郎〟なんて言ってもいいから――」

お里は今か今かと、桂助が歯抜きの道具に手を伸ばすのを待っていた。

「今、抜歯はできません」

桂助はきっぱりと言い切った。

「どうしてです？　先生は歯抜き名人でしょう？」

お里は鼻白《はなじろ》んだが、

「元吉さんのむしばはおおかたが歯の根にも届いています。その先の顎《あご》の骨も一部溶かしているのではないかと思います。この状態で歯抜きをすると、さらに熱が上がって命取りになりかねません」

桂助の言葉を聞いて真《ま》っ青《さお》になった。

「じゃあ、うちの人はもう――」

「だからさ、そうなんねえようにしてくれるのが、この藤屋桂助先生なんだよ。俺、何人もそういう患者を知ってる。今じゃ、みんなぴんぴんしてるよ。だから、おかみさんはこの通り、どーんと大船に乗った気でいていいんだ」

鋼次は自分の胸のあたりを叩いて見せた。

五

「桂さん、特効薬はあれだよね。大丈夫、黄連解毒湯《おうれんげどくとう》ならちゃんと薬籠に詰めておいたよ。あれさえあれば鬼に金棒だよね。薬を煎じなきゃなんねえから、おかみさん、早く湯を沸かして、湯を」

鋼次に急《せ》かされて、お里は長火鉢に炭を熾《おこ》した。

――黄連解毒湯か――

桂助は心の中で呟いた。

黄連解毒湯には熱や炎症を取り去る解毒作用がある。

――しかし、これだけ酷い状態で効き目が出るものだろうか？――

といって、他にこれという治療の手立てはないのである。まずは炎症をおさめて熱を下げなければならない。

「よかった、うちの人、助かるんですね。まあ、今までも、大道で居合いの歯抜きをしてきた後は、しばらく、〝俺が働かねえとおめえを食わせちゃやれねえ〟なんて恩着せて、ふらふらしながら仕事に行ってても、そのうち、けろっとしちゃうほど元気な人ですからね。でも、これに懲《こ》りて、ちっとはあたしの言うことを聞いてくれるといいんだけど――」

お里は笑みをこぼしながら、薬罐から湯気が上がるのを見守っている。

「今まで大事に至らなかったのは、元々体力のある元吉さんが若かったからでしょう」

桂助が思わず洩らすと、

「駄目だよ、桂さん、年季の入った夫婦の惚気《のろけ》話に水差しちゃ」

鋼次が苦情を言った。

――しかし――

桂助は元吉のこの様子に、不安を感じ続けている。

黄連解毒湯が煎じられ、冷まされて、

「さあ、あんた、〈いしゃ・は・くち〉の先生の有り難いお薬湯《やくとう》だよ」

鋼次が手伝って上半身を抱き起こし、

「す、すいやせん」

元吉は誰にともなく空ろな目を向けて礼を言うと、ごくりごくりと薬を飲んだ。

――せめてもの救いは、まだ完全には眠りついてしまってはいないことなのだが
――

この後、時を置いて黄連解毒湯が煎じられ続けたが、明け方近くの何度目かの時、抱き起こしても元吉の目は閉じられたままで、湯呑みから薬を飲むことができなくなった。

「あんた、あんた」

お里が元吉にすがりつく。

「冷やさないと」

枕の上に頭を戻した元吉の額に、美鈴は取り替えた冷たい手拭いを置こうとして、

あっと叫んだ。

「熱が下がってます」

「ほんとかよ？」

元吉の額に触れて鋼次は、

「よかった」

お里にも触れてみるように促した。

「ほんと、ほんと」

恐る恐る触れたお里は鋼次と顔を見合わせて頷き合ったが、桂助は脈を調べ、

「脈が弱まってきています」

沈痛な表情を隠せなかった。

「桂さん、これ――」

鋼次が困惑気味の顔を向けてきた。

「元吉さんは黄連解毒湯で治すには身体が弱り過ぎているのです。黄連解毒湯はそこそこは体力のある人向きなのです」

「じゃあ、もう、うちの人は助からないってことなんですか」

お里はやや恨みの籠《こ》もった目を向けた。

「唯一の頼みは黄耆建中湯《おうぎけんちゅうとう》です」

桂助は薬籠の中からその包みを出して、

「これを煎じてください」

お里に頼んだ。

「桂さんの言うことなら間違いねえ、特効薬の上を行く特効薬なんだろうけど、黄耆建中湯なんて薬湯、今まで聞いたことがねえよ」

鋼次は首をかしげる。

「黄耆建中湯は病弱な子どもに用いて、精をつけさせる薬です」

「それじゃ、黄連解毒湯より弱《よえ》え薬ってことになる。それで効き目があるの？」

「わかりません。けれども、歯抜きができないほど弱っていた子どもを、これで元気にさせ、無事歯抜きができたという例が書き残されています」

「脈をがんと強くする薬は使えねえのかな？」

「黄連解毒湯でさえ心の臓に響いたのですから、このうえ麻黄《まおう》などを使うのは危険すぎます。強い薬の麻黄が元吉さんの心の臓に働きかけたら、弾みでいつ止まってもおかしくありません。それから、熱はまた上がるでしょう」

――元吉さんの病いの因《もと》はむしばだが、今はもう全身に及んでいる。熱は上がったり、下がったりを繰り返し、じわじわと身体が弱って、その挙げ句――

桂助はたまらない思いであった。

湯が沸き、黄耆建中湯が煎じられて、

「一匙《さじ》、一匙、根気よく飲ませてあげてください。たとえ、匙の半分はこぼれても後の半分は身体に入るのですから」

桂助の指示の下にお里、鋼次、美鈴が代わる代わる元吉に薬湯を飲ませ続けた。

お里は泣き声で、

「あんた、あたしはこんな年齢でこれといった芸もないもの、一人で食ってはいけないよ、だから頑張っておくれよ」

鋼次はわざと叱りつけるように、

「元吉さん、約束が違うよ。俺が悪い連中とつるみかけて、博打がしてえってゴネた時、〝もうちょっとしたら花札を教えてやる、だから、それまでは我慢しろ〟って言ったの、元吉さんだったろ。その約束果たしてくれよな」

「熱なんて上がったって大丈夫。あたしがついてるから熱い思いなんてさせません――」

美鈴はよく通る声を張った。

桂助は少しも楽観していなかったが、翌朝には元吉は持ち直して、熱はまた上がったものの、黄耆建中湯の合間《あいま》に黄連解毒湯を飲ませても脈が弱まらなくなった。

――助けられるかもしれない――

はじめて桂助に希望が見えた。

「山は越えた気がします」

桂助が告げると、

「先生っ」

お里はまた土間にひれ伏した。

鋼次は目を瞬《またた》かせ、

「言っただろう？　桂さんはいつもさすがなんだって」

「あーよかった」

緊張が解けた美鈴は、元吉の枕元にへたり込んでしまった。

ほどなく、元吉は目を覚まして、ひとしきり顔を見回すと、

「あーあ、また、うるせえかかあのいる娑婆《しゃば》に帰《けえ》ってきちまったぜ」

お里に憎まれ口をきいた後、

「ありがとうございます」

桂助や鋼次、美鈴に向かって深々と頭を垂れた。

「もう、大丈夫ですね」

微笑《ほほえ》みかける桂助に、

「先生、やっぱし、この後は釘抜きの歯抜きが待ってるんでしょうか？　生きてるってえのも難儀だね」

元吉は嫌そうな顔で訊いてきた。

「ええ、でも、大道の居合い抜きよりは痛みません。後で熱も出ません。それに使うのは釘抜きではなく、口中治療用のものです。今度こそ、口中の治療に精を出していただきます」

桂助は諭すように言い聞かせた。

「あんた、命を拾ってくれた先生の言う通りにしないと――」

お里まで加わると、

「うるせえ、ばばあ」

元吉はまた憎まれ口をたたいて目を閉じてしまった。

「熱はそろそろ上がらなくなるのではないかと思います。後は力がつくように、砂糖湯または粥《かゆ》を冷まして、少しずつ食べさせてください」

た。

「はいっ」

お里はすぐに竈《かまど》へと飛んでいった。

「よろしくお願いします」

そう言って、桂助は〈いしゃ・は・くち〉での治療のために、元吉の長屋を後にした。

いつものように夢中で治療を終えると、朝餉、夕餉と摂《と》っていないことに気づき、急に空腹を覚えた。

厨に入ると、昨日の冷や飯が櫃《ひつ》に残っていた。七輪《しちりん》で目刺しを焼き、長火鉢で湯を沸かす。目刺しを菜にし、茶を掛けて残りの冷や飯を平らげた。

つくづく食べ物と暮らしは切っても切れないもので、欠かせない三度の食や楽しみの菓子や酒等を咀嚼《そしゃく》したり、通過させたりして、胃の腑《ふ》へと送り込む役割をする口中とは大切なものだと思う。

——五臓六腑《ごぞうろっぷ》や足腰の痛みは重篤《じゅうとく》になることも多いが、痛みや具合の悪さを自覚しないまま日々進む。その点、むしばや歯草《はくさ》等による痛みや不快感は、毎日寝ても醒《さ》めても味わう羽目《はめ》に陥る。口中を患うとは何とも辛いことなのだ——

腹を満たしたところでしみじみと実感した。

――それにしても、元吉さんは幸運だった――

元吉の命を助けられたことに安堵《あんど》してもいた。

――いつ息が止まってもおかしくない状態だったのだから――

助けられたというのに、気持ちは少しも弾んでいなかった。睡眠を取っていないゆえの疲れが原因なのではない。

――この市中では、元吉さんの他にも、むしばが元であのような症状となって命を落とす人が跡を絶たない。元吉さんのように口中医の歯抜き法を恐れる人たちも多い。中にはむしばの痛みを我慢し通して、死ぬまで痛む歯に苦しみながら、居合い抜きさえ受けない人もいる。誰もが口中医に通って、恐れや危険のない歯抜きを受けられるようにはならないものなのか？――

桂助は何やら、重い命題を得たような気がした。

六

その後、元吉は順調に恢復し、桂助は治療のために長屋へ通った。歯の根元に溜まっている膿《うみ》を切開して、取り除いていくのである。

「これを熱がある時に施すと、さらにむしばが悪さをして、取り返しのつかないことになるのです」

「先生、早くばっさりやってくだせえよ」

元吉は歯抜きの覚悟を決めたようだったが、

「完全に膿がなくなって腫《は》れが治まらないとできません」

そのたびに、桂助は言い聞かせた。

――それに元吉さんの歯は、いずれ全部抜かなくてはならないかもしれないし――

この話はまだ元吉に言い出せずにいた。

成緒は、あんなことがあった翌々日から診療を始めている。

――加代のことを訊いてみなければならないのだが――

気にはかかってはいたが、まだ成緒を訪ねてはいなかった。

――姉妹《きょうだい》想いで気丈な成緒さんのことだ。何かきっかけがなければ話してくれるとは思えない――

そんなある日の早朝、まだ鋼次たちが訪れる前に、

「おはようございまーす」

金五の声が戸口で聞こえた。

「成緒さんのところに行くことになっているのでは？」

桂助は、やはり成緒のことが気掛かりであった。

――加代が探し物を見つけていなければ、またやってくることも考えられる――

「二人も守りがいると鬱陶《うっとう》しいって女先生が言うもんだから、朝方はあの定中役で、昼からおいらが顔を出すってことにしたんだ。定中役のお役目は女先生の守りだけだけど、おいらは他にいろいろあって、友田の旦那はおっかないし――」

「今日は友田様のご用というわけですね」

「宮城《みやぎ》村の河原で骸が出たんだよ」

「それは大変ですね」

桂助は友田たちの調べに力を貸すことはあったが、人殺しがあるたびに駆り出されるわけではなかった。

「それ、相当古い骸みたいなんだ」

歯と骨は似ていて、骨だけになった骸の検分は桂助でないとできないのである。

桂助はすぐに身支度を調え、鋼次に当てて文を残した。


友田様の求めにより、宮城村の河原まで骸検分に行ってきます。元吉さんのところへはその帰りに寄るつもりです。朝餉は帰ってきて摂ります。

二人は大川を遡《さかのぼ》ることにし、両国橋《りょうごく》近くの舟着場で舟に乗った。

「成緒さんはどんな様子です？」

舟上で桂助は金五に訊いた。

「〝お役目ご苦労様〟なんて言って、出先から金鍔《きんつば》や饅頭《まんじゅう》を買ってきてくれたりする一方、おいらたちを見比べて、〝落ち着かないわねえ〟なんてため息ついて、その後、〝二人も守り役は要らない〟って言いだしたんだ。お気楽な定中役は〝女先生の意中の男はどちらかな？　順当に考えると俺なのだが〟なんて言って、まだ若いのに鼻の下を伸ばしてるけど、おいらは違うと思う」

「意中の男とは、どなたなのです？」

「えっ、気がついてないの？」

「何をです？」

「女先生ときたら、桂助先生のことばかり始終訊いてくるんだよ。心に決めた女がいるようだけど、どんな女だったのかなとか、いろいろ――」

「夢の話はしませんでしたか？」

「そういえば、〝眠っている間に夢を見た気がする、桂助先生に聞かれていると思うと気恥ずかしい〟って。ここまで言うんだから、どんぴしゃ、先生にぞっこんだよ」

――そうではないな。成緒さんが眠り込んでいる時に、自分が姉妹のことを口走り、わたしたちに聞かれたのではないかと懸念しているのだ――

「想われるのは悪い気はしませんね」

桂助はさらりと受け流した。

――金五さんにこちらの読みを話したのは間違いだったのかもしれない。これ以上は伝えぬことだ。金五さんがうっかり洩らして、成緒さんに警戒されては困る――

「あれ、そんなこと言っていいの？　兄貴の話じゃ、志保《しほ》さんが桂助さんの意中の女だっていうのに」

「わたしはただ、ありがたく感じたいだけです。それに志保さんならわかってくれるはずです」

「ふーん、そんなもんかな」

「ですので、わたしは金五さんの恋敵《こいがたき》ではありません」

「恋敵だなんて――」

金五が真っ赤《まっか》になったところで、舟が尾久《おぐ》の渡しの舟着場に着いた。

「この先が阿弥陀ヶ原《あみだはら》って言われてるの知ってる？」

「初めて聞きました。その謂《い》われは？」

「それはね――」

金五が話し始めようとすると、

「おーい」

草が茂っている河原の中ほどで、友田が大きく手を振った。

二人は草の上を走った。

「遅いぞ」

友田はかっと目を見開いて二人を睨み付けた。相変わらず吐く息は酒臭い。

「でも、まあ、藤屋はよく来てくれた」

友田は桂助に向けて軽く目礼すると、

「これよ」

草の間から見えている頭蓋骨を指さした。

長年土に埋まっていただけあって、頭蓋骨の表面の色は土の色に変わっている。

「今、掘り出す者たちを呼んでいる。人の骨とあって、人足たちは尻込みして逃げた
ゆえ、仕方なく墓掘りを呼んだ」

ほどなく、墓掘り人足たちが駆け付けた。

「埋まっている骨は脆くなっています。強い力が当たると、粉々になってしまいかねません。鍬《くわ》は使わず、手で掘り下げて探してください。たとえば、このように、農家の人たちが、丹精《たんせい》した作物の株分けをする時のようにお願いします」

屈み込んだ桂助が自ら掘り出し方を示すと、

「そんなら百姓にやらせろよ」

「こりゃあ、仏の入った棺桶《かんおけ》のがよほど楽だわな」

「まいった、まいった」

三人ほどの墓掘り人夫たちはぶつぶつ言ったが、

「おまえら、お上からのお達しを何と心得る」

友田が一喝《いっかつ》すると仕方なく黙々と従って、掘る手を進めた。

こうして少しずつ、一人分の骨が集められて、戸板の上で骨だけの人型になった。

「骨盤がそれほど広くないので男の人です」

桂助は言い切り、さらに、

「関節と歯にそれほどの摩耗《まもう》の痕《あと》がありません。これは比較的若い人の骨です」

「どれくらい前のものなのだ？」

「三十年以上は前のものではないかと思います」

「一人の若い男がここへ来て死んだ。ただ、それだけのことなのか？」

友田は首をかしげて、

「薬による自害ならそれもあり得るが、埋められていたのが解せぬ」

「自害ではあり得ません、ここを見てください」

桂助は頸骨と胸骨に深く刻まれた刀剣の痕を指さした。

「他に似た傷はないよ」

金五は骨に向けて目を皿のようにしていた。

「するとこの男を討ったのは、よほどの手練《てだれ》よな」

「そういうことになります」

「仇討《あだう》ちだった？」

「仇討ちならば立会人もいて、骸をここへは埋めないでしょう」

「真剣の果たし合いだとしても、やはり立会人がいて、骸を河原に置き去りにはしないだろう。何ともわからぬ骸だ」

この時、突然、この時季にしては冷たく強い風が吹き付けてきた。

「河原でのお役目は辛いのう」

顔を顰《しか》めた友田は両袖を両頬に押し当てて縮こまり、

「春だっていうのに嫌な風だ、それに曇ってきた。雨になるのかな。この寒さで雹《ひょう》でも降りそうだ」

金五も恨めしげに空を見上げた。

その隙を桂助は見逃さなかった。

掘られた穴に見えているものがある。

倶利《ぐり》彫《ほり》の印籠《いんろう》であった。倶利彫とは色の異なる金属（素銅・赤銅）を交互に数十枚幾重《いくえ》にも合わせたものに、唐草《からくさ》文や渦巻《うずまき》文を掘り下げたものである。

——これはどこかで、たしか——

桂助は素早く屈み込んで、倶利彫の印籠を拾って片袖に入れると、

「金五さん、さっきの続きをお願いします。この河原が阿弥陀ヶ原とどうして言われているのか」

わざと前の話を蒸し返した。

「そんな話と、この骨とどう関わりがあるというのか？」

突然の寒風も手伝って友田は苛立《いらだ》った声を上げたが、

「何の手掛かりもないということは、すべてが手掛かりかもしれないということでは

ないでしょうか？」

桂助は反撃した。

「ふん」

友田は鼻で笑ったが、

「たしかにそうだよね」

金五は謂われを話し始めた。

七

金五によればここが阿弥陀ヶ原と言われるのは、近くの延命寺《えんめいじ》が江戸六阿弥陀の一つであるからで、最近では人間同様、息災延命を願う野良犬、野良猫、兎《うさぎ》や狸《たぬき》、猿《さる》等の生きものまでが集まってくるという。

六阿弥陀は行基菩薩《ぎょうきぼさつ》が一夜の内に一本の木から彫り上げた六体の阿弥陀仏を、その作成を依頼した長者が建立《こんりゅう》した六ヶ所の寺に、それぞれ一体ずつ安置したことから言う。

生きものの中にはそのまま息絶えてしまうものもあれば、しばらく休んで立ち去るものもあるという。

「大怪我《おおけが》を負った山犬を見たっていう人もいるよ。そいつは柄《がら》にもなく草を食べてたって。山犬って肉しか食わないんだから、これはきっと見間違いだよね」

「阿弥陀ヶ原？　極楽《ごくらく》ヶ原《はら》とも呼ばれてるぞ」

友田が口を挟んだ。

「どうしてそのように呼ばれているのですか？」

「よくここの空を烏《からす》が何羽もぐるぐる回りながら飛んでいることがある。気のついた者が見に来てみると、首領格だが年老いて、牙が一本抜けた大きな山犬が死んでいたそうだ。そばには兎も一緒に死んでいた。まさか、狩る者と狩られる者との心中ではあるまい。山犬も兎も毛が抜けていたというから病んでいたのだろうと、見つけた者が言っていた。今は草に隠れて見えないが、秋冬のこのあたりには、烏や虫たちが食べ残した生きものたちの骨が、ちらほらと散らばっているという」

「ようはここ、生きものたちの墓場になってるんだ。人の墓場にまでなってるとわかったのは今さっきだけど――。人も生きもののうちっていえば言えるけど、殺されたんだし――」

金五が首をかしげると、

「そもそも殺された者は、生きものたちのように、ここが極楽とは感じなかったろう」

友田は眉《まゆ》を寄せた。

「生きものたちが極楽だと感じていたと、どうしてわかったのですか？」

桂助は聞き逃さなかった。

「これは眉唾《まゆつば》の話だが、見に来た者が山犬と兎の死に際に立ち会ったのだという」

友田は神妙な顔で告げた。

「ほんとかな？」

金五は半信半疑である。

「だから、眉唾の話だと言ったろうが」

「どんな死に際でしたか？」

「山犬も兎もよろよろと歩いてここまで辿《たど》り着き、あちこちの草を舐《な》め続けているうちに倒れたのだそうだ。しばらく見ていて、もう山犬が立ち上がれないとわかると、獣《けもの》とて命あるものゆえ、極楽浄土を願おうとその者は駈け寄り、手を合わせた。寄り添うようにして死んでいた山犬と兎の顔は、安らかこのうえなく、苦しみとは無縁だったという」

これを聞いて桂助は、金五に念を押した。

「たしか、怪我をした山犬も草を食べていたと言いましたね？」

「おいら、そう聞いただけだよ、見たわけじゃない」

「本当なら、ここには山犬が食べる草があるということになります」

「そういえば、犬や猫は時折、草を食うことがあるな。山犬だって同じなだけじゃないか」

友田の指摘に、

「でも、そのような時の犬や猫は身体の具合が少し悪いだけでしょう？　死出の旅への苦しみや、大怪我を癒すためではないはずです」

桂助は言い切って、

「わたしにしばらくここで、生きものたちが癒しのために食べている草を探させていただけませんか？」

丁重《ていちょう》に頼んだ。

「仮にその手の癒し草がここにあったとしても、はるか昔の人の骨と関わりがあるとは思えんがな」

友田はなかなか首を縦に振らなかった。

「でも、旦那、これについちゃ、何も手掛かりはないんだからさ」

金五は桂助の味方をした。

「ならば、おまえも手伝え。何か手掛かりを摑むまでここにいろ」

不機嫌そうに友田は言い捨てると、人骨の載っている戸板を墓掘り人夫たちに担がせて番屋へと立ち去った。

――大見得《おおみえ》を切ったものの、ここはあまりに広い――

桂助は河原を見渡してため息をついた。

「年齢が寄っていたり、病いに罹《かか》ったりしてる生きものたちの墓場の場所なら、おいら、知ってるよ。話を聞いた時、ここへ来て確かめてみずにはいられなかったんだ。何日も通った。いまでも時々、気になって来る。あっちだよ」

金五は河原から半日陰になっている林の方へと歩いていった。

「ここ」

金五が足を止めたところで、桂助は周囲の草木に目を凝らした。

――これは――

「夏になるとあんまりぱっとしない、白いアサガオみたいな花が咲くよ」

芽吹いて茎や葉を茂らせている曼陀羅華《まんだらげ》（チョウセンアサガオ）であった。草丈は三尺強（約一メートル）ほどで茎はよく枝分かれし、葉は大型の卵型で葉先に棘《とげ》が見られた。

「これを適量口にすれば、耐え難い痛みや苦しみから解かれて、眠るように黄泉《よみ》へと旅立てたことでしょう。ここで命を全《まっと》うした生きものたちは、金五さんが弔《とむら》っていたのですね」

近くに生きものの亡骸《なきがら》や骨は見当たらない。

「鳥が骸ごと巣に運んじゃうこともあるし、草の中を死に場所にするものもあるから、全部じゃないけどね。それに、弔いだけだったら、おいら、通い続けられなかったかもしれない」

「ここへ通ってきていて、治癒する生きものたちもいたのですね」

「結構いるんだ。はじめ、この河原のどこかに温泉でも湧いて出てるんじゃないかって思ったよ」

「元気になった生きものたちを見つけたのはどのあたりですか？」

「ああ、それならね」

金五は河原の中ほどへと歩いていく。

「この間、見たところでいいよね」

こういう時に金五の記憶力が発揮される。

桂助は金五が立っている場所へと急いだ。

「このあたり、芹《せり》に似た草が多いんだよ」

「これは当帰《とうき》と呼ばれる薬草です」

桂助は目の前に群生している、高さは一尺七寸（約五十センチ）ほどの草の名を言い当てた。

枝分かれの多い茎で、茎と葉柄《ようへい》は赤紫色を帯びている。

「これには、鎮痛と炎症を鎮《しず》める作用があります。体を温め血を増やし瘀血《おけつ》（血行障害）を取り除くため、虚弱体質の病いに応用されます。人より小さな生きものに効き目があってもおかしくありません」

「へええ、そういう名だったんだな。そういや、あそこの草も結構人気なんだよ」

金五は離れた場所にある、五尺（約一メートル五十センチ）はあると思われる、やはり茎に枝別れの多い草を指さした。

こちらも群生している。

桂助は近づいて確かめ、

「白芷《びゃくし》です。白芷は中国古代の薬物書〝神農本草経《しんのうほんぞうきょう》〟に記載されている漢薬で、古い時代に伝えられたものです。葉の刻みが重なり合う様子から、自生のものはヨロイグサとも呼ばれています。鎮静、鎮痛に効き目があります。頭痛がする時や歯痛にも効きます。生きものたちには、死に至るほどではない怪我の特効薬だったかもしれません。金五さん、あなたは大変なことを教えてくれました」

その弾む口調に、

「おいら、ただ、足を引きずってる犬や猫が食べてた草を教えただけだけど」

金五は困惑気味であった。

「これは大きな手掛かりです」

「どうして?」

金五には皆目《かいもく》わからない。

「当帰の方は江戸から北でしか育たないもので、反対に白芷は江戸以西の上方が主です。どちらもチョウセンニンジン等と同じ薬草なので、売り物にするため、農家が必死に育てています。特に白芷は虫がつきやすいですしね。自然に任せていて、河原などの場所にこれほど多く育つものではあり得ません」

「どっかから、偶然、種が飛んできたんじゃないってことだよね」

「ええ。誰かが相当量の、しかもこの江戸で育ちやすいように改良した、とっておきの当帰と白芷の種を、ここに播《ま》いたということになります」

「そう考えると、曼陀羅華もおかしいってことになるよね。曼陀羅華って、たいていは薬草園の中にあるよね？」

「曼陀羅華は種の鞘《さや》が弾けて増えます」

「曼陀羅華の種も一緒に播かれたんだ。でも、何のために？　当帰や白芷は癒し草だとわかったけど、曼陀羅華は猛毒だよ」

首をかしげる金五に、

「それはまだわかりません。播いた人は、気の遠くなるほど遙《はる》か昔に、当帰、白芷、曼陀羅華の種を持参してここへ来た、それだけは事実です」

「もしかして、桂助さん、さっき土の中から出てきた人の骨と、結びつけて考えてるんじゃない？　どう、結びつくのか、おいらにはさっぱりわかんないけど」

「これから、死者の声に耳を傾けなければなりません」

桂助は袂《たもと》に落とし入れた倶利彫の印籠を握りしめた。

第四話　紫陽花《あじさい》弔《とむら》い

一

金五《きんご》と別れた桂助《けいすけ》は、岸田《きしだ》の元へ向かった。

「藤屋《ふじや》桂助にございます、お邪魔いたします」

桂助は声を掛けて茶室の戸を開けた。

「ほう、また来てくれたのか——」

座って静かに茶を点《た》てていた岸田は、多少は気持ちが晴れてきているように見えた。

「おかげで食も増し、よく眠れるようになった」

「それは何よりです」

——このような時に持ち出す話ではないのかもしれないが——

桂助は危惧《きぐ》しつつも、

——しかし、伝えずにいるわけにはいかない——

意を決した。

「茶の奥義は利休《りきゅう》の提唱する侘茶《わびちゃ》だと聞き及んでおりますので、生臭《なまぐさ》い話はいかがなものかと思うのですが、お話ししなければならぬことが起きました」

「戦乱に生きた利休が今日のような名を遺したのは、茶席もまた、武将たちの策略談義の場だったからよ。それに生臭い話は今までもここで、そちと散々してきたではないか。遠慮は要《い》らぬ、申せ」

岸田は怜悧《れいり》に光る目を向けてきた。

「骨になった骸《むくろ》が、阿弥陀《あみだ》ヶ原《はら》と言われている河原の土の中から出てきたのです。殺された証《あかし》に刀傷がございます。御実父様の牧瀬《まきせ》基良《もとなが》様やもしれません」

「そうか」

岸田は微笑《ほほえ》んだ。

「それがまことわが実父なら、これでやっとわしの手で供養《くよう》できる」

そう呟《つぶや》いた後、

「だが、なぜ、その骸が牧瀬基良やもしれぬのだ？」

一転して鋭い目になった。

「いつぞや、客間でお目にかかったことがございました。その折、見事な香入れを目にいたしました。わたしが見惚《みと》れていると、〝あれは父上の形見なのだが、買ったのか、誰かから貰《もら》い受けたものか、皆目《かいもく》わからぬのだ〟とおっしゃいました」

「そうであったかな？　そもそもわしは骨董《こっとう》や道具類には不案内なのだ。まるで興味がない」

「美しい文様でしたので、今もわたしは覚えております。これと同じものであったのではないかと――」

桂助は人骨が埋まっていた穴から拾い上げた印籠《いんろう》を取り出して見せた。

「骨と一緒にありました」

「確かに似ているような気はするが――。待っておれ、今、その香入れをここへ持ってくる」

岸田は一度茶室を出ていった。

その間に桂助は懐紙で印籠を磨き上げた。

戻ってきた岸田は木製の朱塗りの香入れを手にしている。

「比べましょう」

畳の上に岸田は香入れを、桂助は印籠を置いた。

「これは――」

岸田が息を呑《の》んだ。

「一方は銅や赤銅が使われている印籠で、もう一方は漆《うるし》塗りの香入れですが、渦巻《うずまき》文様と唐草《からくさ》文様の曲線が倶利《ぐり》のように、連続して彫りつけられています。印籠に刻まれているからには家紋ですね。そして、これらの出処《でどころ》は同じです」

「実は養父上《ちち》が亡くなった時、この美しい香入れを叔母扶季《おばふき》殿に形見として渡そうとしたことがあった。爺《じい》に届けさせたのだが、受け取っては貰えなかった。以来、わしはこの手の道具類が嫌いになった。思い出したぞ、その時、爺はこんなことを言っていた。〝叔母上様は、やはり、お形見はあなた様の元にあるのがよろしいのではないかとおっしゃって、お譲りになりませんでした〟と――」

「扶季様はそれが牧瀬様のものとご存じだったので、是非《ぜひ》とも、御実父様のお形見をあなた様のそばに置いてほしかったのでしょう」

「にもかかわらず、わしは長きにわたってこれのことを思い出しもしなかった――」

岸田は苦い表情を見せた。

「しばらくここで待て」

再び茶室を出ていった岸田が戻ってきたのは、半刻《はんとき》（約一時間）ほどしてからだった。

「骸は番屋《ばんや》からただちに牧瀬家の菩提寺《ぼだいじ》に運ぶよう手配を済ませた。岸田の墓所に葬ることも考えたが、養父上の遺言もあり、牧瀬家の墓所の供養はずっとわしが続けてきたゆえ、そうする方がよいであろう」

「御養父様は、供養をあなた様に引き受けさせるほど、御実父様との縁が深かったのですね」

「養父上にしてみれば、わしは血を分けた妹と親友の間にできた子どもだ。それゆえではないかな？」

「ではなぜ、御実父様は印籠に刻まれたのと同じ家紋の入った香入れを、御養父様に遺《のこ》されたのでしょうか？　そして、殺された時、朽ちることのない銅と赤銅の印籠を身につけていたのでしょう？　これには単なる親しさや想いを越えた意味があるような気がしてなりません」

桂助はじっと菱形《ひしがた》の香入れに目を据えた。

「それに絡繰《からく》りでもあるというのか？」

「あるいは――」

桂助は蓋《ふた》を取って底を確かめると、

「やや分厚い底です」

懐から銀の箆《へら》を取り出して、底を持ち上げるべく、そっと差し込んでみた。

底が外れて新たに箱根《はこね》細工の底が現れた。

「それならわしに任せろ。得意なのだ」

岸田の指は器用に動いて、箱根細工の底が持ち上がった。

その下には幾重《いくえ》にも畳まれた古びた文《ふみ》があった。

文には以下のようにあった。


わが家の庭、骸となり果てて医師たるもの、人々の命を軽んじることはもうできない。

牧瀬基良

「たったこれだけか？」

岸田は首をかしげた。

「これは死を覚悟した御実父様の偽らざる心情であり、信条だったのではないかと思います」

「医者が命を守りたいのは当然のことではないか？」

「守りたくても、守りきれないお立場におられたのではないでしょうか？」

「庭を骸に見立てるのはよい趣味ではなかろう。薬草園の手入れも行き届かないほど、切迫していたということか？」

「そうかもしれません」

「他に読み解けるとでも？」

「いえ、今のところは何も——」

「結局、この文を見つけたところで、実父上《ちち》に何が起きていたのか、まるでわからないということだな」

岸田はやや不機嫌になった。

「手掛かりは他にございます」

桂助は江戸の河原に自生することが稀《まれ》である、当帰《とうき》や白芷《びゃくし》、林寄りに生えていた曼《まん》陀羅華《だらげ》の話をした。

「そちの話では、当帰や白芷は軽く痛みを止め、曼陀羅華は眠気を伴う強力な痛み止めであるというが、それとわが実父上がどのような関わりがあるというのか？　そんなことで、殺された実父上の無念が晴らせるのか？」

「このお屋敷にトリカブトはありませんか？　トリカブトも強力な鎮痛薬です」

桂助に確信があるわけではなかった。

「そのようなもの——」

一瞬、戸惑《とまど》った岸田は桂助から目を逸《そ》らした。

「やはり、あるのですね」

「ある」

岸田は呟くように言って、

「しかし――」

「お話しいただかないと、御実父様の無念が晴らせません」

桂助は岸田を促した。

「実は養父上は刺客に襲われて亡くなったのではない」

「真の理由は？」

「息絶えた養父上のそばには、濃い紫色のトリカブトの花と根を煎《せん》じた茶がこぼれていた」

「覚悟の御自死？」

「そうとしか考えられない」

「用人様は何とおっしゃいましたか？」

「〝これも運命で、人は運命を生きるものです〟とだけ、爺は言った。わしは養父上の命を奪ったトリカブトが憎く、すぐに焼き捨てるように命じたのだが、この毒草は香入れともども、孫子に伝えて大事にするようにと遺言に書かれていたので逆らうことなどできはしなかった。今でもこれからの時季、裏庭でトリカブトがあの日と同じ色の花をつける」

「これはわたしの想像ですが、このお屋敷に香入れと一緒に、トリカブトをもたらしたのはあなた様の御実父様ではないかと思います」

「なにゆえに猛毒のトリカブトまで？　竜胆《りんどう》を大きく広げたような、艶《つや》やかな花姿を愛《め》でさせるためなどではあるまい？」

「いずれ、必要になるかもしれないと思われたのだと思います」

「実父上には養父上たちの運命まで見通せたというのか？」

「はい、たぶん」

「たぶんなどではなく、証を示せ」

岸田の声が怒気をはらんだ。

二

「紙と墨、硯《すずり》、筆をお願いいたします」

岸田が用意すると、桂助は筆で以下のように書いた。

曼荼羅華、鳥兜《とりかぶと》、当帰、白芷、川芎《せんきゅう》

「共に痛み止めであるトリカブト、当帰、白芷まではわかっている。だが、川芎とは？」

「やはり薬草です。ただし、痛み止めでもなく眠りを誘う作用とも無縁です。この薬草の効能は補血です」

「なにゆえ、痛み止めや眠り薬と羅列《られつ》したのか？」

「曼荼羅華、トリカブト、当帰、白芷にこの川芎を加えた煎じ薬が、華岡《はなおか》流の麻酔薬通仙散《つうせんさん》の元だからです」

「ほう、あの華岡流の——」

後に医聖と称された紀伊《きい》国の外科医華岡青洲《せいしゅう》が、通仙散を用いて患者を眠らせ、乳《にゅう》癌《がん》の手術を施したのは文化《ぶんか》元年（一八〇四年）のことであった。

外科の手術法は長崎の出島《でじま》を通して少しずつ伝えられてはいたが、青洲以前の外科手術は麻酔なしで行われていて、多くの患者たちが痛みにのたうち回り、中には悶絶して息絶える者も少なくなかった。

こうした状況下で麻酔を用いた外科手術が行われ、以来、華岡流として確立したのである。

「決して朽ちることのないよう、銅と赤銅で作られている御実父様の印籠にも、想いが遺されているのではないかと思います」

桂助は印籠に手を伸ばし、錆《さび》を銀の篦で削って落とした後、蓋を開けて何重にも巻かれた小指の長さほどの紙を取り出した。

それは次のような一文で始まっていた。


これが読まれるのはいつの世のことになるのか、わたし、牧瀬基良には見当もつかない。

わかっているのは、すでにわたしの命は絶たれているであろうことだけである。

わたしがこれを書き遺すのは、政《まつりごと》に医術や人の命が巻き込まれてはならないという戒《いまし》めゆえである。

次に扶季への想いが書かれていた。

わたしがこのような文を書かなければならなくなったのは、分不相応な出世を望んだからである。

この試みに関われば法眼《ほうげん》どころかいずれは法印《ほういん》、奥医師の座も夢ではないと、典薬　頭《てんやくのかみの》野須《ず》哲澄《てつずみ》様じきじきに頼まれると、そもそも、この試みはことのほか良きもので、悪事などとは無縁だとも思えてきて、迷い一つなく引き受けてしまっていた。

典薬頭様との間を取り次いだのが、幼馴染《おさななじ》みの親友、可憐な面影《おもかげ》が一瞬たりともわが心から去らない、あの女《ひと》の兄であったことも、わたしから危惧を奪い取ったものと思われる。

わたしはある時から自分のことしか考えられなくなってしまった。

身分違いのあの女と結ばれるには、これしかないとまで思い詰めたゆえの因果なのである。

基良が関わっていた役目は以下のようなものだった。

典薬頭野須哲澄様の御判断にも一理はあった。

このところ、オロシャやエゲレスなどの異国の艦船が度々訪れて、我らに力を見せつけていたのである。

幕府は恐れ戦《おのの》いて、国防に力を注ぎつつ、いずれは出島以外の場所で、異国とも交易するようになるだろうというのが典薬頭様のお考えだった。

建前《たてまえ》は別にして、幕府の御重臣方の本音も同じだとおっしゃった。

典薬頭様は〝交易ともなれば売るものが要る、これぞというものを作ってほしい〟と言われ、わたしの耳に口を寄せた。

何とそれは歯抜き用の通仙散だった。

たしかに異国でも、手術に激痛は付きもので、華岡流の麻酔薬のようなものは用いられていないという。

歯痛《はいた》で苦しむのは異国人とて同じゆえ、どんな国でも歯抜きの方が外科手術などよりもよほど多く行われているはずで、これは高い値で取り引きできるというのである。

御重臣方の中には、密貿易等、とかく不穏な噂《うわさ》の絶えない薩摩《さつま》に、将軍家の力を見せつけるためには、鉄砲、銃弾等の武器の大量入手が先決であるとする意見も出ているとのことだった。

歯抜き用の通仙散はお上《かみ》への忠義の証にもなるという。

わたしは無理ではないかと答えた。

配合ならすでに華岡門下の医者から聞いて記してあると典薬頭様はおっしゃった。

しかし、わたしが案じたのは配合ではなかった。

通仙散は強すぎるゆえ、その効き目には難があり、試した華岡青洲の母は命を落とし、妻は盲目になって余生を過ごした。

わたしが難色を示していると、〝この話、聞いたからにはもう嫌とは言えぬのだぞ。わしはおまえが身分こそ低いが、薬草の知識にかけては並ぶ者がいないとわかっていて、こうして大事なお役目に推したのだ。成就《じょうじゅ》させれば妹とも夫婦《めおと》にしてやる〟

居合わせた親友に恫喝《どうかつ》され、〝そちはお上をお守りしたくはないのか？　異国の者たちに踏み込まれて、そちの愛《いと》しい女子《おなご》を汚されたいのか？〟

典薬頭様に説得されてしまった。

典薬頭様のお屋敷からの帰り道、人体に害の少ない歯抜き用の通仙散をきっと作り出すと、わたしは固く決意した。

〝妹と夫婦にしてやる〟という親友の言葉が頭の中に谺《こだま》していたので――。

歯抜き用の通仙散がもたらした罪過についても、生々しく書かれていた。


わたしは歯抜き用の通仙散の配合を決めた。手術に用いるものよりはずっと力を弱めて、眠り込むようなことがないようにしたのだ。

自信があった。

だから、人足寄場《にんそくよせば》や口入屋《くちいれ》を通じて、密かに試しの者を募った時も、悪いことをしようとしているとは露ほども思わなかった。

あの青洲が使った通仙散とは比べものにならないほど弱い薬なのだから、人体に害などあろうはずはないと確信してしまったのだ。

しかし、これは過信であった。

試した者五十人のほぼ四割が、眠ったまま命を落とした。

悲劇がなぜこんなに起きるのか、当初はとても信じられず、試しを続けた結果である。

誰にも悟られずに試していたのだ。

運良く命を長らえた者たちは、極楽で眠っていたかのような深い眠りだったと口を揃《そろ》えたので、煎じる際に酒を加えていたこともあり、実はこの仕事は格別な酒の試し飲みであったのだと偽りを告げて得心《とくしん》させた。

一方、命を落とした者たちのことは、家族や身内に報《しら》せるわけにもいかず、それらの骸はすべて我が屋敷の庭に弔《とむら》ったのである。

「牧瀬の屋敷が長く手つかずに、幽霊屋敷と言われながらも放置されてきた理由がわかった。なるほど、実父上が〝我が庭、骸となり果てて〟と記したのは、この事実ゆえであったのだな」

岸田は沈痛な面持《おもも》ちで呟いた。

文は続いている。

わたしは〝歯抜き用の通仙散は、漢方の生薬《しょうやく》なので効き目が一律でないのです。薬草にも個体差があるので、薬の強さも煎じるたびに少しずつ異なる一方、人の体力や体質とも関わってきます。それを物語っているのは、華岡青洲の老齢の母御の命が奪われ、まだそれほどの年齢ではなかった妻女が盲目になったことでした。わたしは驕《おご》っていました。この事実を忘れてはならなかったのです〞と典薬頭様に製造の中止を提案した。

すると典薬頭様は〝異国人は身体《からだ》も大きくがっしりしている。漢方の生薬が体質に合うことも考えられる。薩摩の手の者などに、嗅ぎつけられてはならぬので、試しはもう止めてもよいが、従来の通仙散から腫瘍《しゅよう》治療に効能がある天南星《てんなんしょう》（マムシグサの根茎）を抜いた、歯抜き用の通仙散の配合は記してわしに渡せ。それをもって、そちの役目を解く〞とおっしゃった。

わたしが自分の死を覚悟したのは、まさにこの時であった。

思えば、首尾良く歯抜き用の通仙散を作っていたとしても、わたしのこの運命は変えられなかったかもしれない。

ただ一つの救いは、我が血を受け継いだ子を遺せたことに尽きる。

わたしには充分すぎる救いである。

わたしは二十人以上もの罪なき人を薬殺した、大罪人なのだから――。

そこで牧瀬基良の文は終わっていた。

「充分すぎる救いとはな――」

岸田は声を詰まらせたが、気を取り直して、

「親友とだけ書かれているのが、わしの養父上なのだな」

念を押した。

「文の中で御実父様が御養父様や扶季様の名を出さなかったのは、お咎《とが》めがこの方々に及ばぬようにとの配慮だったはずです。ひいては岸田家に引き取られるとわかっていた、あなた様の今後のためでもあったのでしょう。文がいつ誰に読まれるかわからないと、御実父様は考えられたのです」

「典薬頭殿の命で実父上を討ったのは養父上か？」

「おそらく」

「典薬頭殿も養父上もともに立身出世を望んでいたのだな。それで典薬頭殿の野心に加担し、妹に懸想《けそう》している実父上を利用した――」

岸田の物言いに、養父への憤《いきどお》りが込められた。

「御実父様を阿弥陀ヶ原で討って骸を埋めた御養父様が、印籠の中の文を読んでいたことも考えられます。そのままにして骸と一緒にしておいたのは、いつか、あなた様に読んでほしいと思っていたからではないかと思います。ですから、日記にも自分たちは養父母であると書き記し、見つける手掛かりを残されたのではないでしょうか」

桂助は諭すように話した。

三

「それと、武家に生まれて立身出世を望まぬ者などいるでしょうか？」

桂助は澄んだ目を射るように岸田に向けて、

「わたしはあなた様から聞いた、御側用人《おそばようにん》になられた経緯《いきさつ》を覚えております」

「話したような気がする」

桂助の実父である将軍継嗣《けいし》の家慶《いえよし》が、正室付きの上臈《じょうろう》と恋仲になり、懐妊がわかった時、側用人をしていた岸田の父にその上臈が預けられた。

家慶の父で艶福家《えんぷくか》であることを自画自賛する、当時の将軍家斉《いえなり》の耳に入ることを危惧しての配慮であった。

出産後、家慶は赤子の桂助を大奥以外のところで育てるよう、岸田の父に命じた。

「その直後、養父はトリカブトの毒で死んだ。急を要することとて、わしが跡を継いで側用人の要職に就いた。後はそちに話した通りだ」

「この一件で岸田様は力量の程を示されました」

「若かったことも幸いしたのか、文恭院《ぶんきょういん》様（家斉）、慎徳院《しんとくいん》様（家慶）、温恭院《おんきょういん》様（家定《いえさだ》）にまでお仕えすることが叶《かな》った。今にして思えば、養父上はこうなることを見込んで、厳しい爺にわしの養育を任せ、あえてあの場で果てたのかもしれぬ。側用人に世襲は滅多にないゆえ、あのような時でなければ、養父上の跡は継げなかったはずだ。あれはたしかに、わしが側用人になれる千載一遇《せんざいいちぐう》の好機だった。それが親友の命を奪ってまで昇り詰めた、養父上なりの罪滅ぼしであったのかも――」

岸田の声がくぐもった。

「そして、御実父様は御養父様の御気性をよく知っておいでだったのです。あるいは、御養父様は御実父様に刃を向けた時、約束したのかもしれません。あなたを立派に育て上げて、人の上に立てるようにしてみせると――。御養父様は〝その時はあのトリカブトで〟と言い、討たれた御実父様は頷いて、〝先に行く、待っているぞ〟と言い残して、微笑んで死んでいかれたのではないかと思います」

「そのようなことであったのか――」

岸田はしばし、感慨に耽《ふけ》っていたが、

「阿弥陀ヶ原の曼荼羅華や当帰、白芷が気にかかる。あれらも実父上、牧瀬基良の置き土産《みやげ》か？」

「おそらく、御実父様は改良を続けて、とびきり効き目の強い、これらの薬草の種をお持ちだったのだと思います。もちろん、同様にトリカブトの種や川芎の株も。トリカブトの方は、いつかは我が身の始末をつけるはずのあなた様の御養父様に託されたのです。生けるものたちの息の根を止めることもある危うい曼陀羅華の種は、川に流すと流れ着いた先で芽吹くこともあるので火に焼《く》べてしまい、ほどよく痛みを癒す当帰や白芷は、風で河原に散らばるに任せるつもりだったのでしょう」

「では、川芎はどうしたのだ？」

「御実父様がどなたかに託したはずです。その頃から海を越えて入ってきていた川芎は、種が未成熟なままで終わることが多いので株で増やします。そのうえ、奥州や蝦《え》夷《ぞ》ほど寒くなければ育ちません。虫が付きやすいのです。この江戸では、かなり薬草にくわしい者でなければ育て続けられないはずです」

「氷《ひ》室《むろ》ならよかろう」

「岸田様のところにもございましたね」

「南瓜《かぼちゃ》や唐芋《からいも》は貯えても、そのようなものは影も形もない」

「通仙散には欠かせない川芎の在処《ありか》には、心当たりがございます」

桂助は田辺南庵《たなべなんあん》の家の裏手に、氷室が拵《こしら》えてあるのを見逃してはいなかった。

「となると、わしに会いに来ようとしていた成緒《なるお》という女口中医は、実父上や養父上の犯した五十年も昔の罪を、田辺南庵から聞いて知っていたということか？」

「ええ」

「ならば、わしが思ったような浅い罠《わな》ではないな。敵は成緒をうるさがって始末しようとしたのではなかろう。利用しようとしたのだ」

「この市中のどこかで、何者かが、五十年前の悪夢を蘇《よみがえ》らせようとしているのです。異国ではすでに、エーテルという液体を用いた麻酔薬が用いられているそうですが、長く国を閉ざしていたせいで、わたしたちの暮らしに役立ってはいません。一生の間に身体の手術をしない人は多くいても、むしば、歯草《はくさ》知らずで歯抜きをしない人は少ないはずです。ようはこれは、五十年前に見込まれたように、かなりの商《あきな》いになる可能性があるのです」

「しかし、試した四割もが死に至る薬は、実父上が危惧していたように危ない」

岸田は顔を顰《しか》めた。

「あれから五十年、青洲先生の初めての試みから六十年近くが過ぎています。通仙散の効き目や用い方は、多くの症例を通じて確かめられてきています。今では御実父様考案の配合を元に、害の少ない麻酔薬に改良できるかもしれません。鼻と口で吸い込むのだというエーテル麻酔よりも、飲み干す煎じ薬の方がずっと楽に使えますから。そして、上手《うま》く交渉さえすれば、さらに異国との距離が縮まった今こそ、海を越えた交易の目玉として、売り込むことができるはずだと、人を操って薬草園を荒らさせたり、附子《ぶし》を薬屋から盗ませた首謀者は思い込んでいるのだと思います。敵は成緒さんをあなた様と会わせて、何かを探り出そうとしていたのではないでしょうか？」

「その何かとは、実父上が当時の典薬頭殿に渡した、歯抜き用の通仙散の配合が書かれたものか？」

岸田は大きく目を瞠《みは》って息を止め、桂助の言葉を待った。

「わたしはあなた様の御実父様は、野心家だった典薬頭様に、何も渡さなかったはずだと確信しています」

桂助は言い切った。

「なにゆえ、そこまで断言できるのだ？」

「飛脚《ひきゃく》の源八《げんぱち》さんに薬草園荒らしや附子盗《ぬす》っ人《と》をさせたのは、五十年前の悪夢に関わりのあった人たちに、思い出させるためだったのではないかと思われるのです。考えてもみてください。通仙散に使われるトリカブトは、根茎を乾かした附子と呼ばれているものです。生のトリカブトではありません。そのうえ、これは金子《きんす》を用意して望みさえすれば入手できます」

「敵は岸田の養父上と牧瀬の実父上が五十年前の試みに関わっていたと知っていて、わしに揺さぶりをかけ、わしの動きの先手を打って、どこかに残っているはずの実父の配合を落手しようとしているのだな？」

「五郎《ごろう》というごろつきを、牧瀬家の前に張り込ませたのもそれゆえでしょう。それから田辺南庵先生の書庫が、あれほど荒らされたのもそのためだと思います。敵はこの世に無いものをあると信じて、人殺しにまで手を染めているのです」

「すると、敵は五十年前の出来事をわしに先んじて知っていたことになる。お上は牧瀬の屋敷を荒れるにまかせて、犠牲になった骸を長きにわたって隠し通すほどの念の入れようだ。秘しているこの真相を知り得ている者がいるとしたら――」

岸田はまるでそこに首謀者がいるかのように、茶室の壁を睨《にら》み据えて、

「しかし、今の典薬頭殿ではあり得ん。五十年前の典薬頭殿は、薬種問屋から多額の賄賂《わいろ》を受け取っていたことが発覚して職を解かれた。野須家は牧瀬家と同様、お役御免になっている」

「典薬頭様でなくとも、ここまでの事情にくわしい方ということになります」

「この手の機密は千代田《ちよだ》の城の開かずの書庫にしまわれている。それを開けさせるこ

とができるのは上様《うえ》と御老中《ごろうじゅう》方だけだ。側用人のわしとてそこまでの権力は与えられていない。歯抜き用の麻酔薬作りは利の望める商いではあろうが、あまりにも手のかかる、遠大すぎる計画のように思う。尊王攘夷《そんのうじょうい》を叫ぶ輩《やから》があちらこちらで名乗りをあげ、異国や薩摩、長州からの風は日々強さを増している。今の上様や御老中方は政に四苦八苦で、とてもそこまでの気力を持ち合わせてなどおられぬだろう。とはいえ、念のため、代々、開かずの書庫の番人を務めてきた老人に探りを入れてみるか——しかし、わしはどうにもあの老人が苦手だ」

苦笑して呟いた岸田を、

「それには及びません。岸田様さえ腹を据えていただければ——」

桂助はじっと見据えた。

「読めたぞ。そちは引き続き、わしを囮《おとり》にして真相を暴くつもりなのだろう?」

「危険は伴いますが、一番の近道だと思います」

「よし、わかった。今やわしは隠居同然だ。命もさほど惜しくない。この真相を暴くは身辺の整理の一環だとも思う。だから、突き止めるまでは断じて死なぬ。ならば、尚更《なおさら》、あの老人に確かめねばならない。わしが苦手としていたのは、小判餅《こばんもち》の大好きな老人の口が、ふわふわと綿のように軽いからなのだから——」

岸田はこのところ見せなかった強い目色で応《こた》えた。

四

それから何日かが過ぎて、桂助が何より懸念していたことが起こった。

──出てきてほしい相手の消息が知れない──

桂助は歯抜き用の麻酔薬に取り憑《つ》かれている者に操られている、加代《かよ》の身の上を案じていた。

岸田邸を訪れた後、すぐに成緒に、氷室で育てられてきたはずの川芎のことを訊《き》き出さなかったのは、

──何かがおかしい──

自分たちに向けられてきている敵の視線を感じてのことだった。

──こちらは相手のことが何一つわからないというのに、先手先手を打たれてしまっている。これはわたしたちの近くに、見張っている敵の目があるということなのだ──

桂助はこちらの動きを察知した相手が、加代の口を封じるのではないかと恐れてい

たのである。

それゆえ、しばらくは五十年前の真相にも気づいていないふりをすることに決めた。

——成緒さんに訊くのは、岸田様が開かずの書庫の老人から、何か摑《つか》んでからにしたい。さもないと加代だけではなく、成緒さんの命まで巻き添えになる——

眠りの浅い日が続いて、その日の朝もまだ夜の明けきらないうちから目覚めていると、板戸を叩く音がして、

「先生、桂助先生」

金五の声と重なった。

「どうしました？」

桂助は戸口を開けた。

「探してた加代が見つかったんだ。友田《ともだ》の旦那が吾妻《あづま》橋まですぐに来てくれって」

——ああ、やはり、とうとう——

桂助はどっと心が重くなった。

「成緒さんには？」

「まだ伝えてない。加代と姉妹《きょうだい》なんだろうなんて話も、おいら、まだ、口にしてないし——」

金五の表情も暗く固い。

吾妻橋の浅草《あさくさ》側のたもとに着く頃になって、やっと空が白み始めた。

友田は岸辺で一組の男女の骸を見下ろして仁王《におう》立ちになっていた。

「女の方は念のため、後で小伝馬《こでんま》町送りになっている五郎に確かめさせるが、八重歯があって、金五の似顔絵と瓜《うり》二つゆえ、まず、加代と見なしてよかろう。男の方は信じられぬことだが――」

友田は憂鬱《ゆううつ》そうな面持ちで若い男の骸を見下ろした。

「剣の遣い手である定中役《じょうなかやく》がこんなことになるなんて」

金五が声を詰まらせた。

「定中役とて町方同心のはしくれ、このようなぶざまな死に様を晒《さら》してほしくはない。わしが関わっていながら、この始末では上に何と申し開きしたものか――」

友田はやや恨みの籠《こ》もった目を小野一平《おののいっぺい》の骸に投げかけて、二人の手と手が結ばれている赤い紐《ひも》を指さした。

「でも、旦那、この定中役がのぼせてたのは女先生で、加代なんかじゃないよ」

金五は首をかしげた。

「片想いで悶々《もんもん》とした挙げ句、よく似た相手を見つけて添おうとすることもあろうが

——」

「だったら、心中なんてすることなくて、駆け落ちするだろ？」

「そこは小野もやはり町方同心。自分の役目の重さに気がついて、咎人《とがにん》の加代と添うことはできないと観念したのだ。それで、ほれ、あのように——なあ、藤屋」

桂助に相づちを求めつつ、もう一度、結んである赤い紐を見据えた。

「それでは骸を検《あらた》めさせていただきます」

桂助は二体の骸の前に屈《かが》み込むと手を合わせた。

まずはまだ濡《ぬ》れている着物を脱《ぬ》がせる。

「寒い時ではないので、川の水に浸って二、三日というところでしょう。そうだとしても、二体とも少しも腹部が膨《ふく》れていません」

口や鼻の泥水の有無も調べた。

「また、溺死した人は顔色が赤く、口や鼻のなかに泥水の泡があるものですが、やはり、二体とも見当たりません。ただし、殴られた痣《あざ》や刺された傷はないので、毒死させられた後、心中を装って、紐で手と手をつながれ、川に投げ込まれたのです」

桂助は言い切り、

「その毒って、源八さんと同じ阿芙蓉《あふよう》？」

金五は怯《おび》えた表情になった。

「そ、そんなことが続いてはこれものになる」

友田は手で腹を切る真似《まね》をして、悲鳴のような声を上げて、

「源八の時は上も、まあこんなこともあろうかと大目に見てくれたのだ。こうも不始末が立て続いては、責めはわしが負わされる。酒の美味《うま》いこの世にはまだまだ未練があるのだ。藤屋、助けてくれぇ」

桂助を拝むかのように哀れっぽい目を向けた。

「お役に立てるかどうかはわかりませんが、とにかく、手掛かりを追ってみます。さしあたってはこの事を成緒さんに伝えないと——」

「よかった、桂助先生から伝えてもらえるんだ。おいら、とてもじゃないけど、女先生の落ち込む様《さま》を見てられない」

金五はほっとため息をついて、

「よろしくお願いします」

深々と頭を下げ、知らずと友田までそれに倣《なら》っていた。

桂助はそのまま、成緒のところへ立ち寄った。

「その節はすっかりお世話になりました」

成緒は甲斐甲斐《かいがい》しく飯炊きの準備をしている最中であった。

「いつまでも小野様に厨《くりや》働きをしていただくわけにはいきませんでしょう？　こんなことでお礼に代えられるとは思ってはおりませんが、ここで朝餉《あさげ》を召し上がっていきませんか？」

成緒の笑顔が和《なご》んでいる。

――こんな時に――だが、いつか、告げなければならないことだ――

「お気持ちは有り難いのですが、どうしても、お話ししておかねばならぬことがあるのです」

桂助は自分の顔も声も強《こわ》ばるのを感じた。

「いったい、何でしょう？」

成緒も釣られて顔から笑みを消した。

「実は――」

桂助は、今さっき加代と小野の骸を検分してきたと続けた。

成緒は真《ま》っ青《さお》になったが倒れはしなかった。

「いつか、こんなことになるかもしれないとは――。でも、あの心優しい小野様まで巻き添えにしてしまったとは――」

声が震え続けた。

「酷《ひど》い、酷い、悔しい」

怒りに任せて大声を上げたのは、涙を流す代わりなのかもしれなかった。

「どうか、あなたの双子の姉妹について話してください」

「わかりました」

成緒と桂助は、薬の匂いが立ちこめている座敷で向かい合った。

「お尋ねの加代の本当の名は花江《はなえ》と言いました。お察しの通り、わたしの双子の妹です。双子は畜生腹《ちくしょうばら》と言われて、忌み嫌われるきらいはありましたが、わたしたちの両親《ふたおや》はそんなことは気にせず、〝花ちゃん〟、〝成ちゃん〟と言い合って、一緒に十歳まで育ちました。家は小さな裏店《うらだな》の小間物屋でしたが、わたしたち家族は幸せでした」

成緒は話し始めた。

「さぞかし可愛《かわい》らしく、仲のいい姉妹だったことでしょう。ところで、あなたのお父様は横井元甫《よこいもとほ》先生と、以前伺いましたが」

「元甫は養父です。実の両親とは十三歳の時に死別しました」

「では、姉妹で元甫先生の養女になったのですね」

「いいえ、わたしだけです。実は家族で花見をしていた時、突然、巫女《みこ》のような老婆が近づいてきて、〝この娘たちに禍《わざわい》が見える。禍を防ぎたければ二人を離せ〟と告げたのが始まりでした。これだけでしたら、老婆はたいそう花見酒に酔っていたこともあり、そのまま過ぎたかもしれません。けれども、この後、すぐ、父と駆け落ちしたため絶縁されていた、川越《かわごえ》にある母の実家《さと》の大店《おおだな》から、双子のうちのどちらかを養女にほしいとの文が届いたのです。母の兄夫婦は子に恵まれず、跡継ぎは男子がいいので、さんざん遠縁まで探したのだそうですが、とうとう見つけられなかったとのことでした。これには父が乗り気になりました。母もまた、双子として育て続けていって、それゆえに、良縁に恵まれなかったらどうしようと、密《ひそ》かに案じていたのです」

「あなたの八重歯を抜いたのは横井元甫先生ですね」

「横井元甫先生とわたしの家族は親しくしていましたから。母の実家はわたしたちのうちのどちらかを養女にするに際して、双子として生まれた事実を世間に隠し通したい、そのためには、ぱっと見てすぐわかる、区別をつけてほしいと元甫先生に頼んだのです」

「それが八重歯抜きだった──」

「わたしと妹は八重歯まで同じ場所にありました。歯抜きの腕のいい元甫先生はその八重歯の根は浅く、たやすく抜き取ることができると安心させてくれました。とはいえ、何かと恐がりの妹は泣くばかりでしたので、区別はわたしが身をもってつけることにしました。子どもでしたし、初めての歯抜きはやはり痛かったです。でも我慢しました。その時は、これ以上妹を泣かせたくなかったのです」

「大店へ貰われていったのは妹さんの方ですね」

桂助は念を押した。

「またしても、妹は泣きましたが、こればかりは両親も首を横に振るばかりでした。母の兄夫婦は妹の八重歯を可愛いと褒《ほ》めていたようです。妹は川越へ行ってしまいました。正直わたしはとても寂しく感じました」

「それであなたは、守り袋に抜いた八重歯をしまっているのですね？」

「ええ、自分の八重歯を身につけてさえいれば、八重歯と一緒に大きくなっている妹にいつか、また会えるような気がしたのです。妹の幸せも心から祈っていました」

そこで感極まった成緒は、一度言葉を途切《とぎ》れさせた。

五

「それからあなたと妹さんは別々の生き方をなさった――」

「先ほど言ったように、わたしの方は十三歳の時に店が火事に遭《あ》い、両親は逃げ遅れて亡くなりました。行く当てのないわたしに、横井元甫先生が手をさしのべてくれたのです。せめてもの恩返しにと治療を手伝っていましたが、流行病《はやりやまい》であっけなく逝ってしまいました。当初は途方にくれましたが、門前の小僧なんとやらで、少しは口中のことが分かり始めていたわたしは養父元甫の兄である宗甫《そうほ》先生に、養父が得意だった歯抜きの技術の手ほどきをしてほしいと懇願し、修業を積みました。そして、やっと、〝これなら患者を診《み》られる〟と伯父からお墨付きを貰いました」

「横井宗甫先生ほどの方に見込まれるとはたいしたものです」

「少しは身贔屓《みびいき》してくれたのかもしれませんが、これで女一人、何とか食べていけるとほっとしました。そんな矢先、伯父があんなことになり、しばらくして、わたしは後を追うように老齢で亡くなられた、田辺南庵先生の病床に呼ばれました。この話は前にさせていただいた通りです」

「田辺先生は治療の引き継ぎだけではなく、川芎の世話もあなたに託されたのではありませんか？」

「はい。〝生薬になった川芎の根茎なら、海を越えた国から買うことができる。だから、草のまま川芎を活《い》かし続けるのには別の意味がある〟と――」

「あなたは五十年前に起きたことも、その時、聞いたのですね」

「いいえ。既に知っていました。横井の伯父から聞いていました。ですから、田辺先生はわたしを病床に呼ばれたのです。そして、〝通仙散を応用して、歯抜き用の麻酔薬を作り、幕府の財政を潤わせるだけではなく、いずれは、交易に役立て、幕府の威信を異国に知らしめるためでもあったのだ〟と、田辺先生はおっしゃいました。〝幕府とて、いつまでも異国を打ち払えるものではないとわかっているのだ〟とも――」

「田辺先生も当時はこの試みに加わっていたのでしょう」

「そうおっしゃっていました。でも、その試みは頓挫《とんざ》してしまい、責めを負って果てることを覚悟したある方から、〝川芎を絶やさないように。これはいたずらに薬草を取り混ぜて、利を得ようとすることへの戒めである。そのためにも、強い効能を引き出すべく、改良したこの川芎を後世に残して、再び、同様のことが起きぬよう、生ある限り、見張り続けてほしい〟と頼まれたとのことでした」

——ある人とは岸田様の御実父様、牧瀬基良様であろう——

「しかし、葬られたはずの歯抜き用の麻酔薬は五十年後に蘇り、また、同様のことが起きようとしていたのですね」

——田辺先生は何とかして、蘇りかねない過去の悪夢を封じようとしていたのでは？——

「田辺先生はわたしにその話をされようとしていたのだと思います。〝止めなければならないことがある〟と必死なご様子でしたから。けれども、急にお具合が悪くなられ、帰らぬ人になってしまいました」

その時のことを思い出し、成緒は片袖《かたそで》を目に当てた。

「そして、臨終に居合わせたあなたは、何とかして、田辺先生の御遺志を継ごうとしたのでしょう」

「田辺先生に呼ばれ、佐竹《さたけ》先生とともに殺された伯父横井宗甫への想いもございました」

「田辺先生から呼ばれた？　わたしは佐竹先生からお声を掛けていただいて、あの会に連なることになっていたのですが——」

「それはきっと、当世きっての歯抜きの名手にも声を掛けるよう、田辺先生が佐竹先生に頼んだのではないかと思います。桂助先生と佐竹先生がお親しいのを知っていたのではないかと思います」

「田辺先生がわたしたちを会わせたとすると、あの会の真の目的は、五十年前の試みを決して引き継がぬようにと、お上に嘆願書を出すためのものだったのでしょうか？」

「わたしはそう思っています。そしてわたしは桂助先生を――」

「お上の意向を受けた者だと思ったわけですね」

「申しわけございません。元御側用人様の岸田正二郎《しょうじろう》様とお親しいと聞いて、すっかり、そのように思い込んでしまったのです。ほんとうにすみません」

重ねて詫《わ》び、成緒は深く頭を垂れた。

「あなたと田辺先生との関わりはよくわかりました。加代さん、妹の花江さんとはどのように再会したのです？」

桂助は話を進めた。

「わたしは妹が何不自由なく、幸せに暮らしているものとばかり思っていました。ところが、ある日、特に奥歯のむしばの予防にと、娘さんや子ども、男の人にも勧めている、お歯黒をもとめにお歯黒屋に立ち寄った時、店主が怪訝《けげん》な顔でわたしを見ました。〝いつから、変わり身がご趣味になったのですか〟と言って、わたしの着ているものをじろじろと見るのです。終《しま》いには〝だが、化粧を変えて、髪まで結い直すには時がかかるはずだ〟と独《ひと》り言《ごと》を言って首をかしげました。他人の空似《そらに》かもしれないとは思いましたが、もしやと思い、店を飛び出して、わたしによく似た女が歩いていったという道を走ったのです」

「千載一遇、めでたく妹さんと会えたのですね」

「ええ。もう、その時はうれしくてうれしくて――。ただ、残念ながら、わたしが想像していたような、箱入り娘で大事にされてきた様子は微塵《みじん》もなかったのです」

「どんな様子でしたか？」

「髪を崩した島田に結い、目尻に朱を入れ化粧は厚く、粋《いき》な縦縞《たてじま》の着物を着ていました。どんな賭場《とば》にも出入りできそうな姉御《あねご》の風体《ふうてい》だったのです。わたしよりよほど年《とし》嵩《かさ》に見えました」

「大店の養女になったはずの妹さんの身に、何が起きたのです？」

「すぐにわたしだとわかった妹は、〝成ちゃん〟と叫んで泣いて抱きついてきました。ここへ妹を招き入れて、辛《つら》い苦労話を聞きました。何と、あれから、養女になった先の大店では、血のつながりがあった母の兄が流行病で死に、養母が番頭を婿《むこ》にしたのだそうです。その後すぐに男の子が生まれて、妹はもう跡継ぎではなくなりました。

貰われていった時は優しかった養母が露骨に妹を邪魔者扱いするようになり、勝手に同じ大店との縁組みまで決めてしまいました。そして、ここは妹の弱さなのですが、思い余って、甘い慰めの言葉を囁《ささや》いてくれた手代《てだい》の一人と、江戸へ駆け落ちしたのだそうです」

「だが、夫婦にはならなかったのですね」

「持ち出したお金の切れ目が縁の切れ目だったそうです。実家に戻ってはみたものの、火事の後で影も形もなく、別の人が商いをして住んでいたとのことでした。それから妹は家族は火事で一人残らず死んでしまい、もうこの世にいないのだと諦《あきら》めました。腹も決まりました。それからは、女にできる、ありとあらゆる仕事をこなして日々の糧《かて》を得てきたのだと、涙ながらに話してくれました」

「加代と名乗っている理由は？」

「苦界に身を沈めていた時、賭場の主に身請けされたのだそうです。その主は〝花江という名が綺麗《きれい》すぎて不運を招くのだ〟と言い、長生きした自分の祖母と同じ名を付けてくれたのだというのです。おかげで、その主が持病の心の臓の病いで亡くなった後も、加代は賭場を回って、その日その日の賃仕事で、何とか暮らしが立てられていたのでした。ただ、賭場にふさわしい凄《すご》みのある女に見せかけるために、八重歯だけを始終お歯黒で染めているのだという話は哀《かな》しかったです」

「その賃仕事とはどのようなものだったのでしょう？」

桂助は知らずと身を乗り出していた。

――加代に賃仕事を頼んでいたという相手さえわかれば、その者が黒幕、すべてを握っている――

「賭場は身分に関わりなく、人々が集う場所です。なので誰もが熱中している勝負の最中、伝言を伝え合ったとしても、不審に思う者はおりません。妹は勝負に加わるふりだけして、言伝係をつとめていたのです」

――源八さんに加代が金を貸すと言いだしたのも、誰かからの言伝だったのだな――

「妹さんは近頃、その言伝係が辛くなっていたのではありませんか？」

「その通りです。辛いというよりも何かに怯えている様子でした。よく眠れないとも言いだして、わたしのところへ、眠り薬を煎じてほしいと立ち寄るようになりました。わたしは体質に合う眠り薬を煎じて、苦いものが嫌いな妹のために、好きな梅酒漬けの梅まで口直しに用意したのですが――あんなことに――。まさか、実の妹に薬を盛られるとは思ってもみませんでした」

「眠らされた後、大事にしている守り袋がなくなっていて、あなたは妹さんの仕業《しわざ》だとわかったのですね」

桂助はこの家の書庫の前で拾った守り袋を、そっと、成緒の手に握らせた。

「わたしが眠りに陥る直前に、〝成ちゃん、ごめんね。でも、こうしないと、あたし、殺されちゃうの。このお守り、成ちゃんだと思って死んでも離さない〟という妹の声が聞こえました。ああ、このお守りさえ、妹が落としたりせずに、肌身離さず持っていてくれたら、命を落としたりはしなかったかもしれないのに――」

成緒はその守り袋が妹であるかのように、胸に当てて抱きしめた。

潮時《しおどき》だと感じた桂助が、

「お話しいただけてありがとうございました」

田辺南庵の家を辞そうとすると、

「わたしもまいります」

成緒が身仕舞いするために立ち上がった。

「妹の骸を引き取りたいのです。供養してやりたいのです」

二人の足は番屋へと向かっている。

「一つ得心のいかないことがあるのですが――」

桂助は首をかしげた。

「まあ、何でしょう？」

「どうして、敵はあなたの警護を仰せつかっている定中役の小野様と、妹さんを心中に見せかけたのかと？　金五さんの話では、小野様はあなたに好意的だったそうなので――」

「わたしと妹が双子だと気づかなかったのではないでしょうか？　わたしたち、ばったり出会った時の他は、決して、一緒に出歩いたりしなかったのです。妹はわたしまで危ない目に遭わせたくないと言っていました」

「なるほど」

一応、得心はしたものの、

「ところで、あなたに岸田様の話をして、お屋敷へ行ってみるように言ったのはどこのどなたなのです？」

「往診で薩摩屋敷を訪れた時のことでした。廊下を歩いていて洩《も》れ聞こえました。〝岸田〟、〝田辺〟、〝牧瀬〟、〝佐竹〟、〝横井〟」

――五十年前の試みと、それと関わって刺客に襲われた方々ではないか――

「薩摩弁はあまりに耳慣れないので、後の言葉は全く意味がわかりませんでした。このうち、生きておられるのは岸田様だけでしたし、あなたとも親しいという噂を御老中様方から聞いていましたので、お目にかかってみようと思ったのです」

――何と黒幕は薩摩だったのか？――

密貿易等で力を強めている薩摩藩ならば、思いついても不自然ではなかった。

「今、思い出しました。妹は〝言葉がわからずに怖いお侍さんたちに言伝を頼まれている〟と震えていました」

そう語る成緒の顔も怯えていた。

六

「おいら、小野一平様の周りを調べてみるよ。友田の旦那は小野様が間抜けで、鼻の下を伸ばしてるうちに巻き添えになったんだってぼやいてるけど、色恋なんて縁のない朴念仁《ぼくねんじん》だったっていう話も聞いてる。気丈に振る舞ってるけど、女先生は相当まいってる。どういう成り行きで双子の妹が、小野様と心中を装わされたのか、ほんとのとこがわからないと、供養が中途半端で女先生も立ち直れないんじゃないかと思う」

金五は成緒を案じて動きだした。

茶室にて待つ。


桂助には岸田から呼び出しが掛かった。

「開かずの書庫の老人の非番の日を待っていたので、ちと遅くなってしまったが、収穫はあったぞ」

岸田はせかせかした口調とは裏腹に、ゆったりとした手つきで茶を点てている。

「実は五十年前のあの一件には、草木屋《そうもくや》の先代が関わっていた」

「薬草園荒らしを強いられた源八さんが、蔵から大量の附子を盗んだという、江戸で一、二を争う老舗《しにせ》薬問屋の草木屋さんのことですね」

桂助は念を押した。

「そうだ。しかし五十年前の草木屋はそこそこの商いで、今ほどの勢いはなかった」

「お上としては、秘密が守り通せる相手と確信して、隣国から歯抜き用の麻酔薬を作る漢方薬や、効能の高い種や苗木を自在に取り寄せられる、かっこうの薬屋として、白羽の矢を立てたのでしょう」

「源八なる者がその蔵に押し入ったのは、附子が本命ではなく、我が実父上が先代に預けたかもしれない、禁忌《きんき》の配合を記した書き付けを落手するためだった。黒幕はそれが見つからない時には、附子を盗み出すよう命じたのだ。そこかしこの薬草園からのトリカブトの盗みと相俟《あいま》って世間を騒がし、必ず、関わりのある者が察して、事態収拾に動きだすと睨んだのだ。しかし、よりによって、目当てが、この件について何も知らなかったわしだったとはな――。よく今まで屋敷もわしも無事で済んできたものだ」

岸田は苦笑した。

「岸田様のお屋敷はご家来衆が大勢いて、簡単には押し入ることなどできはしませんから」

「ずいぶんと回りくどい策を取ったものだ。よし、こちらも同様の策で返すこととしよう」

「何を考えておいでです？」

「養父上の文を整理していて、先代の草木屋との筍《たけのこ》の会についてのやり取りが出てきた。草木屋の裏手にある竹林では、毎年、筍がよく出来て、養父上は〝筍一番乗り〟という筍尽くしの膳《ぜん》を振る舞われていたようだ。どんな料理かまでは書かれてはいなかったが、料理屋が筍を出す前に、この草木屋に招かれ、初物《はつもの》を賞味していた。それを今、また始めてはどうかと考えている。文と一緒に、〝筍一番乗り〟について書かれた瓦版《かわらばん》も残っていた。どうやら、これは瓦版に書かれるほど皆が羨《うらや》ましく面白《おもしろ》く感じるようだ」

「〝筍一番乗り〟の復活を広く報せれば、敵が動きだすというのですね」

「実は草木屋にはすでに伝えてある。復活を祝して、派手に〝草木屋、筍一番乗り掘り尽くし、市中振る舞い〟としてみてはと思う。草木屋の竹林のありったけの筍が掘り採られて、駆け付けた順に配られる――。早い者勝ちとな。これなら大きな噂になり、当然、敵の耳にも入る。とにかく、瓦版に大きく扱ってもらいたいのだが――。はて、わしに瓦版屋になど知り合いはおらぬ――」

「わたしにもおりませんが、瓦版屋を知る者なら心当たりがございます。何とかいたしますのでお任せください」

――岸田様も思いきったことを考えられたものだ――

岸田邸を辞した桂助は番屋の友田を訪ねた。真の理由は話さずに、岸田の試みと願い事を話すと、

「初物の筍、しかも、良質だと評判の草木屋の竹林で掘ったものが、早い者勝ちで只《ただ》で貰えるというのは、願ったり、叶ったりだ。掘りたての筍の刺身は最高に酒に合う。

わしも並びたいくらいだが、お上にお仕えしている身ではそうはできぬ。表だってはできぬが、そこは魚心《うおごころ》あれば水心《みずごころ》で――」

友田は舌舐《な》めずりした。

「もちろん、お世話になる友田様の分の筍は、別に取り分けられることと思います」

「役目柄、辞退すべきではあるが、それでは御側用人まで務められた岸田様のご厚意に背《そむ》くことになろうから、ここは有り難くいただくことにしよう。わかった、尽力《じんりょく》する。筋も腕も売りもいい瓦版屋に話してやろう」

こうして、〝草木屋、筍一番乗り掘り尽くし、市中振る舞い〟は瓦版を通して、市中の誰もが知るところとなった。

とはいえ、敵はなかなか動こうとはせず、岸田も桂助も内心、じりじりとした思いでいた。

だが、この試みが明後日と迫った日の早朝、

「桂助先生、桂助先生」

戸口で金五の呼ぶ声が聞こえた。

「どうしました？」

「大変なんだよ。今度は草木屋の竹林が荒らされたんだ」

――やった!!――

桂助は心の中だけで叫び、

「草木屋の筍は上質との評判ですから、筍泥棒が先回りしたのでしょうか?」

順当な問いを発した。

「そうとは思えないんだよ。草木屋の竹林じゃ、竹という竹の根元が掘り起こされてるんだけど、筍は盗まれてない。ただし、やみくもに土に深く鍬《くわ》が入ってて、せっかくの筍がぽきぽき折れてた」

「たしかに下手《へた》な筍泥棒ですね」

「泥棒なんかじゃないよ、掘った穴の一つに〝薩摩猪《いのしし》党見参〟って書いてあった紙が落ちてたんだから」

「薩摩猪党――」

桂助は絶句した。

「〝草木屋、筍一番乗り掘り尽くし、市中振る舞い〟には岸田様が関わってるだろ? だから、これはお上への挑戦かもしれないって、友田の旦那はびくびくしてるよ。ほんとに薩摩が仕掛けたことなら大変なことだし、そうじゃなくても、たちの悪いいたずらだよね。薩摩が猪でお上が筍? 何だか、引き合いに出された猪が気の毒になってきた」

筍が大好物の猪は、人よりも早く筍の在処を探し当て、持ち前の大きな鼻で竹の根元を掘って一心不乱に貪《むさぼ》る。

そこへ、

「邪魔をする」

青い顔の友田が金五の後を追ってきた。

「事が事だけに、どうにも落ち着かなくてな——」

「友田様はこの狼藉《ろうぜき》を薩摩の仕業とお思いなのですか？」

桂助は単刀直入に訊いた。

「それがわからぬゆえ、こうして、おまえの話を聞きにきたのだ。草木屋の竹林の筍という筍が折られてしまっていて、あれではもう食えぬ。岸田様にどうやって詫びたものか——。詫びる役目、おまえに頼めないかとも思ってな——」

友田は憂鬱そうである。

「わかりました。わたしが代わってお詫びいたしましょう。それより、金五さん、殺された小野様について何かわかりましたか？」

「何だ？　おまえはわしに断りもなく、そんなことをほじくっていたのか？」

金五に向けて友田は目尻をつりあげた。

「調べは徹底的するようにっていうのは、旦那の口癖だけど――」

「まあ、そうではあるが――」

友田の歯切れは悪かった。

「女先生にのぼせてたし、初心《うぶ》なんだろうと思ってたけど、結構なもんだったみたいだよ。新和泉町《しんいずみ》にこれ――。以前、近所の人たちがよく見かけてたんだ。人は見かけによらないよね」

金五は小指を立てて見せた。

「新和泉町は囲い者の多いところだが――」

友田は首をかしげた。

「どこぞの商家の囲い女とでもよろしくやってたんだよ、きっと」

「勝手なことを言うな。言っておくが小野家は、亡くなった父親も当人も、馬鹿がつくほど生真面目《きまじめ》でお役目一筋。最下層同心とも言われる父の代からの定中役を、謹厳実直に務め上げてきたのが小野一平なのだ。証をこの目で確かめねば断じて信じぬぞ」

友田は大声で叱咤《しった》すると、

「よし、まずは証となる新和泉町へ行こう」

戸口を抜けると先に立って歩き始めた。

「わたしもお供します」

桂助のこの言葉には応えない。

――友田様は何か隠しておられる――

「あの肩を怒らせた後ろ姿、おいらにまでついてくるなって言わんばかりだ」

金五がふと洩らした。

三人は新和泉町の黒塀でぐるっと囲まれた二階屋の前に立った。

こじんまりはしているが庭があり、格子戸《こうしど》から玄関に向けて踏み石が連なっている。

「行くぞ」

友田は息を整えた。

「お邪魔します」

桂助が玄関の戸を開けた。

そのとたん、戸の上に括《くく》りつけられていた袋が破れて、無数の小石が頭上に降り注いだ。

桂助と金五は弾かれたように、玄関の外へと跳ね飛んだのがやっとだったが、意外な機敏さで友田は頭を左右に振り、巧みに石をよけると板敷へと上がった。

「いい加減に悪事は止めろ。町方同心の倅《せがれ》として生まれたことを忘れるな。忘れていれば思い出してくれ」

友田は大声を上げながら中へと進んでいく。

「わたしたちも行きましょう」

桂助は金五を促して玄関を上がった。

突然、どすっ、どすっと襖《ふすま》を突き破る刀の音が響いた。

七

駆け付けてみると、畳の上に押し入れの襖が倒れ血が染《し》みていて、その上に男がうつ伏せに乗っている。男の背中からは貫通している刀の切っ先が飛び出していた。

咄嗟《とっさ》に桂助は首の脈に触れた。

「心の臓の一突きで、すでに亡くなっています」

もう一刀は襖を刺し貫いて、座敷の隅に転がっている。

友田は血が吹き出している肩を押さえて、歯を食いしばっていた。

座敷に足を踏み入れた友田は、押し入れに近づいたところ、中に潜《ひそ》んでいた男に襖ごしに背後から刺されかけ、咄嗟に刀を抜いて応戦したのである。

「大変だ、旦那が怪我《けが》をしてる」

駈け寄ろうとする金五に、

「何の、大事ない」

友田は大きく頭を左右に振った。

「無茶を言っては困ります。その傷は縫わねば血が止まりません」

桂助は友田に言い聞かせて、金五にまずは酒を探させ、銀の匙《さじ》同様、常に携帯している縫合道具を取り出した。

酒で友田の傷口と針と糸を清めてから、手当を始めた。

その間に、金五は友田が刺し殺した男の骸を運ぶ戸板を手配してきた。

友田は時折、眉を寄せただけで口中の治療の時よりもよほど大人《おとな》しかった。

「刀傷で根を上げては武士の恥ゆえな。命掛けで同心株を買ってくれた祖父に申しわけが立たぬ」

などと殊勝《しゅしょう》な物言いもした。

戸板が届いて、うつ伏せに死んでいる男から友田が心の臓に刺し通した刀を引き抜

き、骸を戸板に載せようとした時、

「あっ」

「これは——」

金五と桂助は我が目を疑った。

「ど、どうして、小野一平がもう一人いるのかな？」

金五は混乱のあまり頭を抱え、桂助は、

「もしや、その理由を知っておられるのでは？」

少しも驚いていない友田に訊かずにはいられなかった。

「ええっ？　旦那がどうして知ってるの？」

金五はますます気が動転してきている。

「よし、話そう——」

友田は意を決して話しだした。

「小野一平にはあの女口中医同様、双子の弟がいたのだ。わしの父は小野の家と親しくしていて、双子の男子が産まれた時、同心のお役目は一人しか継げぬゆえ、もう一人が不憫《ふびん》だと小野の父親は言ったそうだ。それで願わくば、畜生腹と蔑《さげす》んだりしない養家に、弟の方を貰ってほしいのだがと我が父は相談を受け、たまたま湯屋で知り合った旗本の隠居に話をしてみたところ、ならば我が家に迎えようと乗り気になった。五百石取りの小西《こにし》家では、嫡男《ちゃくなん》が次々に死んで、女子が多い遠縁にもふさわしい者がいなかったのだ。こうして、小野一平の弟は旗本家に貰われ、小西左右衛門《そうえもん》となった」

「その小西左右衛門が兄貴の小野一平様を丸め込み、兄貴に成り代わって、女先生の警護をしていたんだね」

――それで敵は、わたしたちの動きを見張ることができたのだ――

「小西左右衛門はある時までは養父母の理想通りに育った。ところが、元服前に、自分が養子だと知ったとたん、気持ちがささくれ始めた。その後は、放蕩《ほうとう》の限りを尽くした。このままでは小西家は借金で倒れてしまうと危惧した養父母は、身をもって左右衛門を諫《いさ》めようと自刃《じじん》した。ところが左右衛門の行いはいっこうに改まらなかった。市井《しせい》では佐平次《さへいじ》と名乗り、賭場にも出入りして、いっぱしの悪党になっていった」

「友田様はどうしてそこまで小西左右衛門のことを御存じなのですか？」

「わしの父上が亡くなる時に、その時からもうよくない行いで養父母を悩ましていた、小野の双子の弟のことを案じていたからだ。〝生まれついての悪などこの世にいない、あ奴《やつ》も生まれた時は清らかな目をしていた。何とか見守ってやってくれ〟と言った。

その言葉が忘れられずに気にかけてきたのだったが——とうとう、道を踏み外すのを止めることができなかった」

「見かけによらず、旦那っていう人は——」

鼻声になった金五を、

「見かけによらずだけは余計であろう」

友田は照れ臭そうに諫めた。

戸板で小西左右衛門の骸が運ばれていった後、三人はこの二階屋を徹底的に調べ尽くした。

小野一平が殺されるまで軟禁されていたと思われる、四畳半ほどの納戸《なんど》が飯茶碗や酒器と一緒に見つかった。

共犯だったと思われる加代の着物や白粉《おしろい》、口紅は奥の座敷に脱ぎ捨てられていたり、散らばっていた。

「仲間の女まで殺すなんて、何っていう奴なんだろう」

金五は憤慨し、

「だから、まあ、最期《さいご》は因果応報、ああいうことになったのだ。致し方なかった」

友田はやや悲しげな目をしていた。

桂助は化粧台の引き出しを開けた。

――これは――

八重歯だった。その八重歯は象牙で作られて、お歯黒が染《し》ませてあった。

この日、桂助は治療を終えるとすぐに成緒に宛てて文を書いた。


源八さんを操り、薬草園荒らしや附子泥棒をさせた挙げ句、出合茶屋にくわしい加代さんに話を聞いて、阿芙蓉で殺害した後、腹上死《ふくじょうし》に見せかけたのはあなたですね。

それから、五郎さんにわたしたちを監視させて、手掛かりを奪い取るよう指図したのも――。

あなたが下手人《げしゅにん》だと考えると、飼い猫の惨殺《ざんさつ》と脅迫の文、あなたが阿芙蓉を盛られた時のことも合点《がてん》がいきます。

すべては自作自演だったのですね。

特に阿芙蓉を煎じ薬に混入されてあなたが眠ってしまった件《くだり》は圧巻でした。

あなたが妹の加代こと花江さんのために好物の梅菓子を用意していたり、加代が南庵先生の書庫を漁《あさ》ったようにして、子どもの頃、自分だけ抜き取られた八重歯の入ったお守りを残しておくなどは、たいした念の入れようでした。危うく信じ込ませられるところでした。

そして、とうとう、あなたにやっと会えたと喜び、信じきっていた加代まで、捕らえておいた小野一平様と一緒に毒死させたのです。

小野一平様が二人いては困るので、隠れ家にいた小西左右衛門もいずれは殺して、誰の目にも触れない場所に骸を埋めるつもりだったはずです。

あの隠れ家はあなたと左右衛門、加代の三人が出入りしていたのでしょう。

あなたが下手人だという何よりの証は、化粧台の引き出しの中にあった、お歯黒に染まった八重歯の差し歯です。

これは八重歯の持ち主だった加代には不要です。

あなたがこれを付けて、悪女の加代に化けるためには、不可欠なものであったろうと思います。わたしは加代が花江さんだったことなどなく、あなたが化けた姿だったと確信しているのです。

それから、心を病んでいる武士の田島貞則《たじまさだのり》を操って、横井宗甫先生、佐竹道《どう》順《じゅん》先生を殺させたのもあなたです。

あの時、足跡が二人分あったのは、あなたが近くにいて見届け、調べを混乱させるためにもう一人分を付けたのではないかと思います。

もちろん、わたしや先生方をあそこへ呼んだのもあなたです。わたしだけは佐竹先生からのお声がけでしたが、お二人の先生にはまだ御存命だった田辺南庵先生の名を借りたのでしょう。

もとより、この会合は五十年前の亡霊を呼び起こし、貧窮している幕政に役立てようとする目的などではありませんでした。

五十年前に開発しかけて頓挫した、歯抜き用の麻酔薬を首尾良く完成させ、自分だけの利とするために、まずは念のため、五十年前の一件を知っている人たちを亡き者にしておこうとあなたは考えたのです。

五十年前の歯抜き用の麻酔薬については、南庵先生の後継者と見なされていた横井先生もご存じで、引き続き、愚かな亡霊が蘇ったりしないよう、監視を命じられていました。

その事実を横井先生は、信頼しきっているあなたについ話してしまったのです。一人で抱えているにはあまりに重すぎたのでしょう。腕のいい口中医に成長した姪《めい》に守り続けてほしかったのかもしれません。

そして、これがすべての悲劇の始まりだったのです。

あなたは亡霊を呼び出して我が物とするために、手段を選びませんでした。

五十年前の話を聞いた時、牧瀬基良様と柚木《ゆぎ》家の扶季様のことも知り、扶季様のもとに麻酔薬の調合書の類《たぐい》があるかもしれないと疑い、小西に襲わせた。

屍《しかばね》がまた築かれたのです。

このままではまた、さらに——。

この文があなたの元に届く頃、わたしは奉行所で一部始終を話していることでしょう。

あなたは罪を償うべきです。

藤屋桂助

成緒殿

翌早朝、大川に架かる両国橋《りょうごく》の上に脱ぎ捨てられた女物の下駄《げた》が見つかった。

下駄とともに桂助宛の文が見つかった。

わたしのやろうとしていることの妨げになるとしたら、藤屋桂助、あなたしかいないとわたしにはわかっていました。

それでわたしが佐竹先生にあなたも会合に呼ぶよう頼みました。

早めに始末しておきたかったからです。

あなたがあの席に駆け付けてくるまで待ってもよかったのですが、横井の伯父も佐竹先生も、〝いったい、何で呼び出されたのだろう〟と頭をかしげあっていて、今にも南庵先生のところへ使いを出しそうだったので、そうなったら、何もかも台無しになると思い、あなたを待たずに決行したのです。

自分の行いに寸分も後悔はしていません。

わたしには歯抜き用の麻酔薬を、いずれは万能麻酔薬にできる自信がありました。

これは今後のこの国の、大きな武器になるはずです。

絶対に完成させるべきなのです。

それから、見事なあなたの推測に足りない部分があったので少し補っておきます。

双子の妹に再会した話はすでにしましたね。

わたしたちと同じ双子のもう一方である、小西左右衛門とは火事に遭い、身を寄せた寺で初めて会いました。

面白くないというのが口癖で、旗本屋敷を出て市中をぶらぶらしていて、火事に巻き込まれたのだということでした。

何か、得心のいく、大きなことがしたいと左右衛門は言い続けていたので、今回の役割と死に場所は最適だったと思います。

わたしが手を下す羽目《はめ》になったら、さぞかし、つまらないだろうと思っていましたから――。

わたしが捕まって、女だてらに晒し首になるのも一興ですが、助けた患者の中には泣くような人も出てくるのかと思うと憂鬱です。

そんなわけですので、わたしは自分で死にます。水で膨れ上がって醜くなった骸が見つからないといいのですが――。

あの世というものだけがあって、極楽も地獄もなければ、いずれあなたと会うことができるでしょう。

その時こそ、わたしはあなたを口説《くど》き落とし、その力を借りて、あの麻酔薬を作り上げるつもりです。

お先に。

成緒

藤屋桂助様

友田は、

「人を殺しておいて、何の悔やみもないとはな」

憤怒のあまりか、肩口の傷が開きかけ、

「おいら、まだ、この文をあの優しかった先生が書いたなんて信じられないや」

金五は二、三日、長屋から出てこなかった。

依然として、牧瀬家の庭の掘り起こしは許されていない。

岸田は廃屋《はいおく》となっている牧瀬の屋敷内を調べ尽くさせて、床下から、〝紫陽花《あじさい》、墓石代わり〟と書かれた平たく大きな石を見つけた。

これには試しで歯抜き用の麻酔薬を飲まされ、遂に目覚めなかった人たちの名が書かれていた。

その中には友田の祖父と、虫歯で顎《あご》の骨まで溶けかけていたあの元吉《もときち》の義兄の名もあった。

岸田は遺族が必要としていれば、大きく育っている二本の御蔵柘植《みくらつげ》で、高価なため、なかなか手が出ない入れ歯を拵えて詫びに代えたいと言った。

ただし、これは草木屋の筍同様、元側用人岸田正二郎の酔狂《すいきょう》の一環と相手には告げられている。

「そりゃあ、有り難《がて》え」

しばらく思うように働けないせいで、入れ歯代の工面《くめん》がつきかねていた元吉は喜び、

「まだ、わしの歯草はそこまでではないぞ」

友田は渋い顔で受け流した。

「それほど五十年は長く、骨を届けてやれない罪過《ざいか》は重いのだ」

岸田は沈痛な面持ちのままでいる。

「牧瀬家の庭には紫陽花が沢山《たくさん》植えられていました。〝紫陽花、墓石代わり〟とあるのは、犠牲になった人たちは、もうじき咲き誇る紫陽花の下に、葬られているのではないかと思います」

「そういえば、実父上は叔母を紫陽花に喩《たと》えていたな」

ふっと岸田の険しい顔が和んだ。

「御実父様は実母の扶季様に人々の供養を頼んで逝ったのだと思います。自分はどの

ように朽ちようとも、柘植の成長に託してあなたを見守りつつ、扶季様のように美しく清々《すがすが》しい紫陽花で、死なせてしまった人たちを供養なさりたかったのでしょう」

桂助のこの言葉に、岸田はくるりと震えている背中を向けた。

紫陽花が咲きだす頃、桂助は佐竹道順の家を訪れていた。

――成緒さんが騙《かた》って佐竹先生を呼んだのは、外科医だった先生のお父様もまた、牧瀬基良様から預かり物をしていて、五十年前の事情を知っていたからではないか？

――

探しているのは天南星だった。

干した根茎が華岡流の通仙散には欠かせない生薬になる。

だが、基良はトリカブトを岸田に、川芎を南庵に預け、曼陀羅華の種は燃やし、当帰と白芷は河原で有用に育つことを願って播《ま》いた。

天南星だけはまだ見つかっていなかった。

これは腫瘍に効き目があり、癌の手術には欠かせない。

――成緒さんは歯抜き用の麻酔薬を極めれば、他の部分の手術にも用いられると確信していた。だとすれば、天南星は外科医であった佐竹先生のところに必ずあるはず

――

志保や道順の手が入っていない薬草園は荒れ果てている。

――何としてでも見つけなければ――

しかし、見つけたところで、外科医ではない桂助に使い途《みち》はない。

この時、桂助は何のために見つけようとしているのか、全く考えていなかった。

ただ、理由《わけ》もなく、

――これさえ見つけることができれば――

志保《しほ》に会えるような気がしている。

――だから、絶対見つけなければ――

そして、折り重なっている草木の間に、天南星の里芋に似たカタバミ型の一葉がちらと見えた時、

――ありがとうございます――

桂助は思わず両手を合わせていた。

あとがき

本著は口中医桂助シリーズの第十四作目です。

これまで同様、多くの先生方にご協力、ご助言を賜りました。日本歯内療法学会元会長の市村賢二先生と池袋歯科大泉診療所院長・須田光昭先生、日本歯学史のオーソリティー、愛知学院大学名誉教授の故榊原悠紀田郎先生、そして、江戸期の歯科監修を快くお引き受けいただいている、神奈川県歯科医師会〝歯の博物館〟館長の大野粛英先生、八十歳をすぎて二十歯を保有するための生活習慣を研究されておられる、愛知学院大学名誉教授中垣晴男先生、房楊枝作りをご指導いただいた浮原忍氏、シンクライト代表取締役にして木床義歯に精通しておられる本平孝志氏、また貴重な江戸期の歯科資料をご紹介くださった先生方に、心より深く御礼申し上げます。

平成二十年、東京医科歯科大学大学院医歯学総合研究科教授須田英明先生の御推挙

により、第二十一回日本歯科医学会総会にて、座長市村賢二先生のもと、『口中医桂助の活躍』という題目で講演をさせていただきました。これもひとえに諸先生方のお力添えの賜物と感謝申し上げます。

また、ご声援いただいている全国の読者の皆様に、厚く御礼申し上げます。皆様のご期待に応えるべく、一層の精進を致してまいりますので、応援の程よろしくお願い申し上げます。

口中医桂助事件帖 手鞠花おゆう

シリーズ第2作

女手一つで呉服屋を切り盛りする、あでやかな美女おゆうが、火事の下手人として捕えられる。歯の治療に訪れていた彼女に好意を寄せていた桂助は、それを心配する鋼次や志保とともに、彼女の嫌疑を晴らすために動くのだが……。

ISBN4-09-408072-4

口中医桂助事件帖 花びら葵

シリーズ第3作

桂助の患者だった廻船問屋のお八重の突然の死をきっかけに、橘屋は店を畳んだ。背後に岩田屋の存在が浮かび上がる。そして、将軍家の未来をも左右する桂助の出生の秘密が明かされ、それを知った岩田屋が桂助のもとへ忍び寄る！

ISBN4-09-408089-9

口中医桂助事件帖 葉桜慕情

シリーズ第4作

桂助の名前を騙る者に治療をされたせいで、子供と妻を亡くした武士があらわれた。表乾一郎と名乗る男はそれが別人だと納得したが、被害はさらに広がり、桂助は捕われた。その表から熱心に求婚された志保の女ごころは揺れ動く。

ISBN4-09-408123-2

口中医桂助事件帖
すみれ便り

シリーズ第5作

永久歯が生えてこないという娘は、桂助と同じ長崎で学んだ斎藤久善の患者で、桂助の見たても同じだった。よい入れ歯師を捜すことになった桂助のまわりで事件が起こる。無傷の死体にはすみれの花の汁が。新たに入れ歯師が登場。

ISBN978-4-09-408177-0

口中医桂助事件帖
想いやなぎ

シリーズ第6作

鋼次の身に危険が迫り、志保や妹のお房も次々と狙われた。その背後には、桂助の出生の秘密を知り、自らの権力拡大のため、桂助に口中医を辞めさせようとする者の存在があった。一方、桂助は将軍家定の歯の治療を直々に行うことに。

ISBN978-4-09-408228-9

口中医桂助事件帖
菜の花しぐれ

シリーズ第7作

紬屋太吉の父と養父長右衛門との間には、お絹をめぐる知られざる過去があった。その二人が行方不明になり、容疑者として長右衛門が捕われる。そこには桂助をめぐる岩田屋の卑劣な陰謀が。養父を守るために桂助に残された道は？

ISBN978-4-09-408382-8

口中医桂助事件帖
かたみ薔薇

側用人の岸田正二郎の指示で、旗本田島宗則の娘の行方を桂助は追う。岡っ引き金五の恩人の喜八、手習塾の女師匠ゆりえが次々と殺害され、志保の父、佐竹道順にも魔の手が忍びよる。さらなる敵を予感させる、シリーズ新展開の一作。

シリーズ第11作

ISBN978-4-09-408614-0

口中医桂助事件帖
江戸菊美人

志保が桂助の元を訪れなくなって半年、〈いしゃ・は・くち〉に新たな依頼が次々と舞い込む。廻船問屋・湊屋松右衛門の後添えを約束されていたお菊が死体で発見された。町娘の純粋な思いが招いた悲劇を桂助は追う。表題作他全四編。

シリーズ第12作

ISBN978-4-09-408665-2

口中医桂助事件帖
春告げ花

〝呉服橋のお美〟で評判の娘は、実は美鈴と言った。美鈴は、鋼次とふたりで忙しくしていた桂助の治療所の手伝いに通うようになる。当初、名前を偽っていた美鈴に鋼次は厳しい目を向けていたが、桂助は美鈴の想いに気付くのだった。

シリーズ第13作

ISBN978-4-09-408889-2

―――本書のプロフィール―――

本書は、小学館文庫のために書き下ろされた作品です。

小学館文庫

口中医桂助事件帖《こうちゅういけいすけじけんちょう》
恋文《こいぶみ》の樹《き》

著者　和田《わだ》はつ子《こ》

二〇一六年二月十日　初版第一刷発行

発行人　菅原朝也
発行所　株式会社　小学館
〒一〇一―八〇〇一
東京都千代田区一ツ橋二―三―一
電話　編集〇三―三二三〇―五八一〇
販売〇三―五二八一―三五五五
印刷所――――大日本印刷株式会社

ISBN978-4-09-406271-7

たくさんの人の心に届く「楽しい」小説を!

第18回 小学館文庫小説賞 募集

【応募規定】

〈募集対象〉 ストーリー性豊かなエンターテインメント作品。プロ・アマは問いません。ジャンルは不問、自作未発表の小説（日本語で書かれたもの）に限ります。

〈原稿枚数〉 A4サイズの用紙に40字×40行（縦組み）で印字し、75枚から100枚まで。

〈原稿規格〉 必ず原稿には表紙を付け、題名、住所、氏名(筆名)、年齢、性別、職業、略歴、電話番号、メールアドレス(有れば)を明記して、右肩を紐あるいはクリップで綴じ、ページをナンバリングしてください。また表紙の次ページに800字程度の「梗概」を付けてください。なお手書き原稿の作品に関しては選考対象外となります。

〈締め切り〉 2016年９月30日（当日消印有効）

〈原稿宛先〉 〒101-8001　東京都千代田区一ツ橋2-3-1　小学館　出版局「小学館文庫小説賞」係

〈選考方法〉 小学館「文芸」編集部および編集長が選考にあたります。

〈発　　表〉 2017年５月に小学館のホームページで発表します。
http://www.shogakukan.co.jp/
賞金は100万円(税込み)です。

〈出版権他〉 受賞作の出版権は小学館に帰属し、出版に際しては既定の印税が支払われます。また雑誌掲載権、Web上の掲載権および二次的利用権(映像化、コミック化、ゲーム化など)も小学館に帰属します。

〈注意事項〉 二重投稿は失格。応募原稿の返却はいたしません。選考に関する問い合わせには応じられません。

第16回受賞作
「ヒトリコ」
額賀 澪

第15回受賞作
「ハガキ職人タカギ!」
風カオル

第10回受賞作
「神様のカルテ」
夏川草介

第１回受賞作
「感染」
仙川 環

＊応募原稿にご記入いただいた個人情報は、「小学館文庫小説賞」の選考および結果のご連絡の目的のみで使用し、あらかじめ本人の同意なく第三者に開示することはありません。